Library and Information Service

Mar 18.

3/4/20

- 7 NOV 2023

GW00703106

BESTSELLER

Romain Puértolas, de origen franco-español, nació en 1975 en Montpellier. Transportado por los caprichos del destino a España e Inglaterra, ha sido DJ, profesor de idiomas, traductor-intérprete, auxiliar y coordinador de vuelo en el aeropuerto de El Prat de Barcelona, empleado de Aena en Madrid y limpiador de tragaperras en Brighton. De regreso a Francia, trabajó durante tres años como inspector de policía en un servicio especializado en el desmantelamiento de redes de inmigración ilegal. Su primera novela, *El increíble viaje del faquir que se quedó atrapado en un armario de Ikea*, se publicó en agosto de 2013 y la «faquirmanía» no tardó en propagarse: ya se ha traducido a más de treinta idiomas, ha sido ensalzada por la crítica, ha recibido varios premios literarios y está en proceso de adaptación cinematográfica. *La niña que se tragó una nube tan grande como la torre Eiffel*, su segunda novela, es una historia tan desenfadada y llena de humor como la anterior, aunque más emotiva todavía, y que se ha convertido en un éxito de crítica y ventas en su país. Sin lugar a dudas, Romain Puértolas, un adicto declarado a la escritura compulsiva sobre pósits, ha entrado en el mundo literario por la puerta grande.

Para más información, visita la página web del autor:
www.romainpuertolas.com

También puedes seguir a Romain Puértolas en Facebook:
f Romain Puértolas

Biblioteca

ROMAIN PUÉRTOLAS

La niña que se tragó una nube tan grande como la torre Eiffel

Traducción de
Romain Puértolas
y Patricia Sierra Gutiérrez

DEBOLS!LLO

Título original: *La petite fille qui avait avalé un nuage grand comme la tour Eiffel*

Primera edición en Debolsillo: junio, 2016

Printed in Spain – Impreso en España

ISBN: 978-84-663-3373-3 (vol. 1082/2)
Depósito legal: B-7.344-2016

Compuesto en Fotocomposición 2000

Impreso en Novoprint
Sant Andreu de la Barca (Barcelona)

P 333733

Penguin
Random House
Grupo Editorial

A Patricia,
mi único punto fijo en el universo

Esta historia es enteramente verdadera, ya que me la he inventado yo de cabo a rabo.

BORIS VIAN

Un corazón es un poco como un gran sobre.

PROVIDENCE DUPOIS

PRIMERA PARTE

Una cartera y su particular concepto
de la mayonesa y de la vida

La primera palabra que pronunció el viejo peluquero cuando entré en su salón fue una orden breve y tajante digna de un oficial nazi. O de un viejo peluquero.

—¡Siéntese!

Dócil, me sometí. Antes de que él me sometiera con sus tijeras. Enseguida comenzó su danza alrededor de mí, ni siquiera esperó a saber con qué corte de pelo deseaba salir de su peluquería, o con qué corte de pelo justamente no deseaba salir.

¿Habría lidiado antes con el rebelde pelo afro de un mulato? Ahora ya no tenía más remedio.

—¿Le gustaría escuchar una historia increíble? —le pregunté para romper el hielo e instaurar un clima cordial.

—Lo que quiera con tal de que deje de mover la cabeza. Acabaré cortándole una oreja.

Consideré que ese «lo que quiera» era un gran paso, una invitación al diálogo, a la paz social y a la armonía entre seres humanos y, al mismo tiempo, intenté olvidar lo más rápidamente posible, en virtud de esos mismos acuerdos de fraternidad, la amenaza de amputación de mi órgano auditivo.

—Bien, veamos. Un día, mi cartero, que es una mujer, una mujer encantadora, dicho sea de paso, se presentó en la torre de control donde trabajo y me dijo: «Señor Mengano (es mi apellido), necesitaría que me diese permiso para despegar. Sé que esta petición puede parecerle insólita pero es así. No se haga preguntas. Yo dejé de hacérmelas cuando todo comenzó. Solo deme permiso para despegar de su aeropuerto, se lo ruego». La verdad es que a mí su solicitud no me parecía tan insólita. A veces venían a verme particulares que se habían arruinado en las escuelas de aviación cercanas y que querían seguir haciendo horas de vuelo por su cuenta. Lo que me sorprendía, sin embargo, era que ella nunca antes me había hablado de su pasión por la aeronáutica. Bueno, nunca habíamos tenido demasiadas oportunidades de conversar, ni siquiera de cruzarnos (yo alterno turnos de día y de noche), pero bueno. Normalmente se limitaba a llevarme el correo a casa en su viejo Cuatro Latas amarillo. Nunca había ido a verme al trabajo. Lástima, porque era un bombón. «En condiciones normales, para este tipo de petición la mandaría al despacho de planes de vuelo. El problema es que hoy el tráfico aéreo es un caos por culpa de esa maldita nube de cenizas y no vamos a poder atender a los vuelos privados. Lo siento.» Viendo su cara de desconcierto (tenía una cara de desconcierto muy bonita y eso sembró el desconcierto en mi corazón), fingí que su caso me interesaba: «¿Qué pilota? ¿Un Cessna? ¿Un Piper?».

Dudó mucho. Se notaba que estaba molesta, que mi pregunta la incomodaba. «Eso es justamente lo insólito de mi petición. No piloto ningún avión. Vuelo sola.» «Sí, eso lo había entendido, vuela sin instructor.» «No, no, sola, quiero decir sin aparato, así.» Levantó los brazos por encima de la cabeza y ejecutó un giro sobre sí misma, como una bailarina de ballet. Por cierto, ¿le he dicho que iba en bañador?

—Olvidó ese pequeño detalle —respondió el peluquero, ahora concentrado en pelearse con mis rizos—. Sabía que los controladores aéreos llevaban una buena vida, pero ¡esto es el colmo!

El viejo tenía razón. Los controladores de Orly no podíamos quejarnos. Pero eso no impedía que de vez en cuando hiciéramos una pequeña huelga sorpresa. Solo para que la gente no nos olvidara durante las fiestas.

—Bueno, esto… Llevaba un biquini de flores —proseguí—. Una mujer muy guapa. «No pretendo entorpecer su tráfico, señor controlador, solo quiero que me considere un avión más. No volaré tan alto como para que la nube de cenizas me afecte. Si hay que pagar las tasas de aeropuerto, no hay problema, tenga.» Me tendió un billete de cincuenta euros que sacó de no sé dónde. En cualquier caso, no de su gran cartera de cuero, puesto que no la llevaba. Yo no daba crédito. No entendía nada de lo que me contaba, pero parecía muy decidida. ¿Acaso me estaba diciendo que realmente podía volar? ¿Como Superman o Mary Poppins? Durante unos segundos, pensé que a mi cartero, bueno, a mi cartera, se le había ido la olla.

—Resumiendo, un buen día su cartero, que es una cartera, irrumpe en su torre de control en bañador aunque la playa más cercana está a cientos de kilómetros, y le pide permiso para despegar de su aeropuerto batiendo los brazos como una gallina.

—Veo que está atento.

—Cuando pienso que el mío solo me trae facturas… —suspiró el hombre limpiando el peine en su delantal antes de volver a meterlo en mi cabello. En la otra mano, las tijeras tintineaban sin parar, como las garras de un perro sobre el parquet, o como las de un hámster en una rueda.

Todo en su actitud indicaba que no creía ni una palabra de lo que le estaba contando. No se lo podía reprochar.

—Bueno, ¿y qué hizo? —me preguntó, sin duda para ver hasta dónde podía llegar mi imaginación delirante.

—¿Qué hubiera hecho en mi lugar?

—No lo sé, no trabajo en la aviación. Y además no estoy acostumbrado a ver entrar chicas guapas medio en pelotas en mi peluquería.

—Estaba confuso —añadí ignorando las bromas del viejo refunfuñón.

—¡Pensaba que nada podía desconcertar a un controlador aéreo! —soltó, irónico—. ¿No se les paga para eso?

—Esa imagen está un poco sobredimensionada. ¡No somos máquinas! Como iba diciendo, ella me miró con sus ojos de muñeca de porcelana y me dijo: «Me llamo Providence, Providence Dupois». Esperó a que sus palabras hicieran efecto en mí. Parecía estar quemando su último cartucho. Creo que me dijo su nombre para que dejara de considerarla una simple cartera. Estaba tan desorientado que durante unos segundos incluso pensé que era… bueno, ya sabe, una chica con la que había tenido una aventura y a la que no había reconocido. Tuve éxito en mis años jóvenes… Pero no había ninguna duda, incluso sin la gorra y sin el pequeño chaleco hortera azul marino, esa chica supercañón era mi cartera.

Hacía unos segundos que el peluquero había retirado el peine y sus tijeras de mi pelo encrespado y los mantenía suspendidos en el aire.

—¿Ha dicho Providence Dupois? ¿LA Providence Dupois? —exclamó dejando los instrumentos en la mesa de cristal que había delante de mí, como si de pronto le hubiera acometido un profundo cansancio. Era la primera vez que daba alguna señal de interés desde que habíamos empezado a hablar, bueno, desde que yo había empezado este monólogo—. ¿Se refiere a la mujer de la que hablaron todos los periódicos? ¿La que voló?

—La misma —respondí, sorprendido de que la conociera—. Pero, claro, en aquel momento para mí solo era mi cartera. La bomba sexual del Cuatro Latas amarillo.

El peluquero se desplomó en el sillón vacío que había a mi lado. Parecía como si una estación espacial acabara de caer sobre sus hombros.

—Ese día me trae recuerdos bastante duros —dijo con la mirada perdida en algún lugar entre las losetas blancas y negras de la peluquería—. Mi hermano murió en un accidente de avión. Precisamente el día en que esa famosa Providence Dupois se dio a conocer por ese extraño suceso. Paul, mi hermano mayor. Se iba unos días de vacaciones al sol. Cómo iba él a imaginar que serían unas vacaciones tan largas… Ciento sesenta y dos pasajeros. Ningún superviviente. Yo pensaba que Dios cogía el avión como todo el mundo. Debió de llegar tarde a facturación ese día.

El hombre levantó la cabeza. Una chispa de esperanza apareció en sus ojos.

—Bueno, hablemos de cosas más alegres. Dígame, ¿volaba de verdad? Quiero decir, ¿usted vio volar a la tal Providence Dupois? Lo leí en la prensa pero dicen tantas tonterías… Me gustaría saber la verdad y nada más que la verdad.

—Los medios no estaban allí. Se hicieron con la noticia después y le dieron mucho bombo, alimentando los rumores más disparatados. ¡Incluso llegué a leer que Providence había volado en su Renault amarillo hasta Marruecos y que chocó contra una nube! Lo que no está muy lejos de la verdad, claro, pero no es exacto. Yo le voy a contar la verdad sobre lo que pasó ese día en Orly. La verdadera historia. Y, créame, eso no es más que la punta del iceberg. Cómo llegó allí la cartera y lo que ocurrió después quizá sea aún más impresionante y ha puesto en entredicho muchas cosas en mi mente cartesiana. ¿Le interesaría escucharlo?

El peluquero señaló el salón vacío con la mano.

—Como ve, esto está abarrotado —dijo con ironía—, pero podría hacer una pequeña pausa. ¡Venga, será diferente de las eternas historias de bodas o bautizos que me cuentan las clientas cada vez que vienen a que les carde

el moño! —añadió el viejo con un aire de falsa indife-
rencia cuando en realidad se moría de ganas de saberlo
todo.

Y yo, de contarlo todo…

El día en que Providence aprendió a andar supo enseguida que no se limitaría a eso. Que sus ambiciones eran otras y que esa hazaña, porque de eso se trataba, solo era el comienzo de una larga serie. Correr, saltar, nadar. El cuerpo humano, esa fantástica máquina, escondía capacidades físicas sorprendentes que le permitirían avanzar en la vida, tanto en el sentido propio como en el figurado.

Con siete meses y sesenta y ocho centímetros y medio, un intenso deseo de descubrir el mundo con sus propios ojos (o, más bien, con sus propios pies) la inquietaba ya. Sus padres, ambos médicos en el hospital pediátrico más prestigioso de Francia, no salían de su asombro. En sus largas carreras profesionales, nunca se habían enfrentado a un caso parecido. Y, mira por dónde, era su propia hija la que lo protagonizaba y la que ponía patas arriba, con la energía de un bebé de unos meses que derrumba una torre de cubos, todas sus bonitas teorías sobre cómo aprender a caminar.

¿Cómo podía su hija dar sus primeros pasos a una edad tan temprana? ¿Cómo podía el esqueleto de sus piernas soportar ese pequeño cuerpo de Buda sonriente lleno de roscas? ¿Tendría alguna relación con los seis dedos de su pie derecho?

Eran tantas las preguntas a las que Nadia y Jean-Claude no pudieron responder ni entonces ni con el tiempo… Era algo inexplicable que habían acabado por aceptar. En su momento, su madre la examinó. Su padre hizo algo aún más sencillo, una tomografía axial computarizada del cerebro. Pero nada sirvió. Todo parecía normal. Era así, eso es todo. Su pequeña Providence empezó a caminar a los siete meses. Punto. Providence era una niña con prisa.

Evidentemente, todo lo que pudieron sentir durante ese extraño período no fue nada en comparación con el sentimiento que los invadiría como un tsunami ese día de verano, treinta y cinco años más tarde, cuando a su hija se le metió en la cabeza aprender a volar.

Situación: aeropuerto de Orly (Francia)
Corazón-O-metro®:* 2.105 kilómetros

Como habrá deducido, en el momento en que comienza esta increíble aventura Providence tenía treinta y cinco años y siete meses. Era una mujer de lo más común, aunque provista de seis dedos en el pie derecho y de un nombre poco ordinario para alguien que no procedía de Estados Unidos. Vivía en una localidad del sur de París de lo más común y ejercía una profesión de lo más común.

Era cartero.

Aunque la Academia Francesa había admitido hacía años la palabra «cartera», Providence, que en vista de su profesión tenía un nombre muy oportuno después de

* Invento patentado por el profesor Alain Jouffre, del CNRS (Centro Nacional de Investigación Científica francés), que permite calcular la distancia entre dos corazones que se quieren. En este caso, entre el de Providence y el de Zahera. Margen de error de 3,56 metros.

todo, prefería decir «cartero». Se había acostumbrado a que le hicieran el comentario. A ella esta feminización le parecía bien, se alegraba de que algunas vieran en esa última letra el logro de toda una vida luchando a favor de la causa feminista, pero eso no iba mucho con ella. Porque hacía quinientos años que había carteros y treinta que la palabra «cartera» existía. Incluso aún hoy seguía sonando raro. Diciendo «cartero» se ahorraba largas explicaciones, palabras y tiempo, algo en absoluto despreciable para una mujer apresurada de su especie que había aprendido a andar con siete meses.

Por eso, aquella mañana, de pie delante del mostrador de la policía del aeropuerto de Orly, rellenando la ficha de información para su estancia en Marrakech, escribió con la mayor naturalidad del mundo «cartero» en la casilla reservada a la profesión. Esta respuesta no pareció del gusto de la flemática funcionaria que revisó el documento. Con la cara embadurnada de maquillaje barato, estaba claro que era el tipo de mujer que no perdía ocasión de recordar su condición femenina, y más aún a las mujeres que parecían haber olvidado la suya. Sin embargo, esa mañana la mujer policía, más bigotuda que un gendarme, había olvidado afeitarse el labio superior, con lo cual su condición femenina había salido mal parada.

—Ha escrito «cartero».

—Sí, es lo que soy.

—Se puede decir «cartera».

—Lo sé.

—Se lo digo porque es sospechoso que escriba «cartero» siendo mujer. Si uno lee su ficha, espera ver a un hombre. Sin embargo, usted es una mujer, ¿verdad? Eso confunde. Y en la policía no nos gustan demasiado estas confusiones, no sé si sabe a lo que me refiero. Lo digo por usted. Yo la dejo embarcar, pero no quiero que la paren en el control de entrada en Marrakech por haber escrito «cartero» en lugar de «cartera». Sería una tontería. Allí son un poco especiales, ¿sabe? La igualdad de género no es su fuerte. Su fuerte son, más bien, los ceniceros de cerámica… o los cojines de cuero.

O sea, que ser mujer y tener pelos largos y negros encima del labio superior ¿no confunde?, pensó Providence. Increíble, la Yeti se permitía dar lecciones de género. ¿Había vuelto a ser obligatorio el bigote en la policía, como en los años treinta? ¿O, simplemente, *la agenta* había querido seguir la moda lanzada por la ganadora barbuda de Eurovisión 2014?

—Sí, sería una tontería —repitió la cartera mientras recuperaba su ficha con un gesto seco y corregía el objeto de la disputa con el bolígrafo.

Más valía dejarlo estar. Cuando hubo corregido el error, tendió la ficha a la Conchita Wurst de uniforme.

—Así está mejor. Pasará el control tan fácil como una carta en Correos —bromeó la policía—. Aunque no sé por qué nos ponemos tan tiquismiquis si ni siquiera está claro que vaya a poder despegar.

—No entiendo.

—Están cancelando los vuelos, uno tras otro, a causa de la nube de cenizas.

—¿La nube de cenizas?

—¿No se ha enterado? En Islandia hay un volcán que se ha despertado. Para una vez que se oye hablar de Islandia... ¡y nos tienen que fastidiar con un volcán!

Diciendo esto, la mujer estampó con un golpe el sello sobre la ficha, lo que hizo temblar un instante su bigote, y luego se la devolvió a la pasajera.

—Adivine cuándo fue la última vez que se despertó —añadió la policía.

—No sé. ¿Hace cincuenta años? —intentó Providence.

—Más.

—¿Setenta?

—Más.

—¿Cien? —exclamó la cartera, que tenía la impresión de estar jugando a *El precio justo*.

La funcionaria ahogó una risita nerviosa, señal de que su interlocutora estaba muy por debajo de la realidad.

—¡Fue en 9500 antes de Jesucristo! —dijo para acabar con su sufrimiento—. Lo han dicho en el telediario. ¿Se da cuenta? Y se despierta así, de golpe. Hay que ver, de verdad, esos islandeses, todo para fastidiar. El nombre del volcán también se lo pusieron para fastidiarnos. Se llama Theistareykjarbunga. ¿No le parece que esos esquimaluchos se ríen de nosotros?

—¿El Tatakabunga ese está en Islandia?

—Sí. ¿A que no parece muy islandés?

—Suena más africano.

—Yo pensé lo mismo, pero africano o no, espero que tenga suerte. Y que el «comosedigabunga» no le impida despegar.

—Tengo que ir a Marrakech sin falta esta mañana. Es...

La cartera estuvo a punto de decir que era una cuestión de vida o muerte, pero se contuvo. A la policía le habría parecido muy sospechoso.

Existe una novela de Paulo Coelho que se titula *A orillas del río Piedra me senté y lloré*. A orillas de la terminal Sur del aeropuerto de Orly, Providence se sentó en su Samsonite rosa y lloró.

Y aún lloró más cuando se dio cuenta de que, en lugar del bolso, llevaba colgada del brazo una bolsa de plástico del Carrefour llena de basura. Levantarse a las 4.45 de la mañana tenía consecuencias. La cartera se levantó como alma que lleva el diablo y con cara de asco la tiró como si de una bomba se tratara en la primera papelera que pasó por ahí. ¿Cómo había podido llegar hasta allí con eso sin darse cuenta? Su extraordinario olfato había quedado totalmente anulado por el cansancio. El cansancio nos lleva a hacer cosas raras, pensó temiendo haberse dejado el bolso en casa. Al verlo colgando de su otro brazo respiró aliviada. Bajas la basura y al final te la llevas de viaje.

Providence retomó su pose del *Pensador* de Rodin sobre su Samsonite rosa.

La policía bigotuda tenía razón. Habían cancelado la mitad de los vuelos por culpa de la maldita nube de cenizas que había escupido, el día anterior, un volcán islandés en erupción. ¡El colmo en estos tiempos de lucha contra el tabaquismo! Y la situación estaba lejos de resolverse. En unas horas podían cerrar el aeropuerto entero. Y, con ello, todas las esperanzas de Providence se desvanecerían como el humo.

¿Cómo era posible que una nube tuviera tanto poder?

¿Cómo una gran bola de algodón, una pelusa, podía poner en jaque a todas esas máquinas tan sofisticadas? Decían que era tan peligrosa como la nube radiactiva de Chernóbil que, hacía unos años, había recorrido los cielos europeos transformando a su paso a niños en genios del piano (de tres manos) o en virtuosos de las castañuelas (de cuatro testículos), hasta que se detuvo, como por arte de magia, en la frontera francesa. Seguro que por falta de visado.

En las pantallas del aeropuerto, los locutores del telediario afirmaban que si por desgracia los aviones atravesaban esa masa de cenizas, tenían todos los números para estrellarse, e incluso de desaparecer de los radares más rápido que unas braguitas en una fiesta de Larry Flynt. El terror del triángulo de las Bermudas resurgía. Grandes mastodontes destruidos por minúsculas partículas de humo. Increíble. David contra Goliat. Las cenizas atascaban la maquinaria y los motores se paraban. En el peor de los casos, todo explotaba. Para que cualquiera pudiera entenderlo, los periodistas comparaban los efectos con esas catástrofes domésticas bien conocidas por los telespectadores: el filtro defectuoso de una Nespresso nueva o el tenedor de plata de la abuela olvidado en el microondas. ¡Bum! ¡Adiós café! ¡Adiós microondas! ¡Adiós avión!

Sin embargo, una minoría de expertos, algunos salidos de los servicios de consultoría más importantes del país y otros salidos de los servicios a secas, afirmaban que las aeronaves no debían temer nada de dicha nube. Que la amenaza se había exagerado, como siempre. Pero las compañías aéreas no estaban dispuestas a poner en peligro sus aviones y la seguridad de los pasajeros por culpa de una panda de iluminados. Les iba en ello el negocio. ¿Tantos años ahorrando en cacahuetes y aceitunas y ahora estrellar esos juguetitos de 149 millones de euros como vulgares aviones de papel lanzados desde la ventana de un colegio? No, seamos razonables.

Así que, como nadie quería tentar al diablo, nadie hacía nada. La premisa del día de la DGAC* parecía una orden propia de un atracador de bancos: «¡Todos al suelo!». Los retrasos se acumulaban. El personal de tierra no se atrevía a anunciar las cancelaciones. Dejaban el trabajo sucio a las pantallas de información de vuelos. Nadie intentaría estrangular a un ordenador. Así, los vuelos iban desapareciendo, uno tras otro, cada minuto, como en un truco de magia malo de David Copperfield. El rico, no el pobre.

No se podía hacer nada más que esperar.

Cada segundo que pasaba era un segundo de vida

---

* Dirección General de la Aviación Civil.

perdido para Zahera. Su enfermedad avanzaba a pasos agigantados y el hospital de allí no contaba con los medios técnicos para hacerse cargo. La niña seguía viva gracias a su voluntad de hierro y a la esperanza de que su mamá fuera a buscarla.

Providence jugueteaba con la ficha azul que acababan de sellarle. El pasaporte a su nueva vida. El resultado de meses de trámites interminables para traer a esa niña a Francia. Y después de tanto sufrimiento bajo la apisonadora de la Administración, ahora eran los elementos de la naturaleza los que la tomaban con ella. ¿Por qué todo el mundo se empeñaba en ponerle obstáculos? Cada segundo que pasaba era un segundo de vida que le arrancaban a su hija. Era demasiado injusto. Injusto hasta el punto de querer gritar. Injusto hasta el punto de perder la cabeza.

Para tranquilizarse, metió la mano en el bolso y sacó un reproductor MP3. Sustituyó los paquetes de cigarrillos por ese aparatito el día en que el gobierno decidió poner fotos de pulmones e hígados enfermos en las cajetillas de tabaco. La música era mejor para la salud, y en los walkmans aún no ponían fotos de gente sorda.

Temblando, se puso los auriculares, pulsó el botón play y echó la cabeza hacia atrás como si se apoyara en el lavacabezas de su peluquero y esperara que este apareciera por allí en cualquier momento y le diera un maravilloso masaje capilar.

Y mientras la canción de U2 empezaba donde la había dejado al llegar al aeropuerto, «*In a little whiiile, in a little whiiile, I'll be theeeere*», Providence vio el rostro y la sonrisa de Zahera reflejarse en la gran cristalera de la terminal. Sí, como cantaba Bono, en un instante estaría allí. Allí, a su lado. Había que relativizar, ya era un milagro que la pequeña marroquí hubiera aguantado hasta entonces. Siete años ya, cuando solo le habían dado tres de vida. Sobreviviría un *little while* más. «*Man dreams one day to fly, a man takes a rocketship into the skies.*» Eso, ojalá tuviera un cohete…

—Voy a buscarte, cariño —susurró Providence ignorando las miradas burlonas de los turistas que pasaban a su lado—. No importa el precio, no importa el medio, nada impedirá que hoy vaya a buscarte. Aguanta, mi niña. La luna no se levantará sin que yo esté a tu lado. Te lo prometo. Aunque tenga que aprender a volar como un pájaro para ir a buscarte.

Providence no podía imaginar lo cerca que estaba de la verdad cuando pronunció estas palabras.

En ese mismo momento, a miles de kilómetros de Orly, Zahera, con la barbilla asomando fuera de la sábana como la barba del capitán Haddock en *Stock de coque*, contemplaba la constelación fosforescente pegada al blanco techo sin nubes. Había reproducido encima de su cabeza la alineación precisa de la Gran Cacerola, que era como ella llamaba a la Osa Mayor, con minúsculas estrellas de plástico que brillaban como miles de estrellas de sheriff cuando se apagaba la luz.

Las estrellas de verdad no brillan. Zahera lo sabía porque Rachid le había regalado un trozo de estrella que había encontrado por casualidad en el desierto. Por lo visto a veces caía alguno. Esa piedra grisácea tenía la propiedad de que ya no irradiaba luz en la oscuridad. Según el fisioterapeuta, era una cuestión de radiación. El pedazo de estrella, arrancado y lejos de sus congéneres moleculares, dejaba de brillar.

Un día, la niña estaba observando la piedra, no más grande que su mano, cuando descubrió una misteriosa inscripción en una de sus irregulares y afiladas caras. MADE IN CHINA.

—¿Qué significa? —le había preguntado a Rachid.

—Oh, ¿eso? Es inglés —respondió el fisio, incómodo—. Quiere decir que ha sido fabricada en China.

Había comprado la falsificación en un bazar de la ciudad. La pequeña, que nunca había salido del hospital y que, por tanto, no sabía mucho del mundo, le había creído, ya que solía confiar en los adultos.

—¡Ah, las estrellas del cielo están hechas en China! —exclamó Zahera bajo la mirada extrañada de Rachid, que acababa de darse cuenta de que la confesión de su crimen no había tenido el resultado esperado.

Emocionado ante semejante muestra de inocencia, fue incapaz de contradecirla. Al contrario. Incluso añadió más.

—Mira la bandera china. Cinco estrellas amarillas sobre un fondo rojo. ¡Para que te hagas idea de la importancia de esta industria en ese país!

Desde entonces, convencida de que los chinos construían toneladas de estrellas que luego propulsaban al cielo para iluminar de noche a la gente del desierto de Marruecos, cada noche, antes de dormirse, se lo agradecía con oraciones que inventaba expresamente para ellos. Les agradecía que fueran tan generosos con su pueblo.

Algún día saldría de ese hospital cochambroso de los suburbios de Marrakech e iniciaría un fantástico viaje. Subiría a bordo del Orient Express, que, a pesar de su nombre, no iba a China, e iría a ese país donde hombres y mujeres de ojos rasgados, organizados como cientos de miles de minuciosas hormigas, lanzaban al espacio, con potentes cañones, rocas luminosas del tamaño de una naranja que, con sus afiladas aristas, rasgaban la tela azul marino del cielo nocturno.

A esas horas de la mañana las estrellas ya no brillaban, pero al menos seguían proporcionando un poco de fantasía en ese triste dormitorio común del hospital. La marroquí había pasado casi toda su corta vida entre esos muros grises. Por eso, desde que Providence le regaló esas estrellas, también *Made in China*, en cuanto anochecía, ella alzaba la mirada al techo y veía el cielo. Veía cientos de ojos brillantes como los de su nueva mamá; de hecho, la única, porque la otra murió cuando ella nació. Los puntitos luminosos lucían como guiños cómplices.

La Gran Cacerola.

Le encantaba ese nombre porque reunía sus dos pasiones, la cocina y el espacio. Más tarde sería pastelera-astronauta. Estaba convencida. Sin gravedad era más fácil hacer suflés o montar las claras a punto de nieve. Pero esa era una idea propia. Su secreto. Para ella era algo evidente, pero parecía que a nadie se le había ocurrido. El problema era que quizá ella nunca llegara a ese «más tarde». Y lo peor era que, si la muerte llegaba antes de lo previsto, nunca se acordarían de ella como la primera pastelera-astronauta del mundo, sino como la niña enferma que murió un día de verano bajo un techo de estrellas de plástico en un hospital cochambroso de Marrakech. Así que intentaba aguantar y dejar por mentirosos a los médicos. Dejar por mentirosa a la enfermedad. Por mucho que sus brazos fueran todavía frágiles, como los jóvenes brotes de un árbol, su espíritu estaba compuesto de una aleación de metales indestructibles. Porque el espíritu era mucho más fuerte que el cuerpo. Siempre. El buen humor también. Una sonrisa, una risa arrasaban todo a su paso como un bulldozer, destruían la enfermedad, aniquilaban la tristeza. Cuando nos quedamos sin brazos y sin piernas, como muñecas rotas; cuando la vida nos destroza con un violento tijeretazo la cara y el corazón; cuando los hombres pierden el sexo y las mujeres el pelo y los senos; cuando perdemos todo lo que nos hace seres humanos; cuando perdemos los ojos y las orejas, o los pulmones; cuando volvemos a ser recién nacidos; cuando volvemos a hacernos nuestras necesidades encima; cuando vuelven a ponernos pañales y personas desconocidas limpian, de madrugada, la mierda que hemos dejado en las sábanas del hospital durante la noche; cuando ya no podemos lavarnos solos; cuando el agua hirviendo nos arranca la poca piel que nos queda; cuando la vejez nos rompe los huesos, las lágrimas nos queman los ojos y aún no hemos perdido la cabeza, entonces es bueno reír, sonreír y luchar. La risa es lo peor que puede ocurrirle a la enfermedad. Que le rían a la cara. No perder nunca la esperanza. No rendirse nunca. Porque la aventura no se ha acabado. Nunca hay que levantarse del asiento y salir del cine antes de que la película haya terminado, pues el final reserva a menudo sorpresas. Buenas sorpresas. El final feliz. A veces la vida nos ata, tarde o temprano, a una cama. Pero mientras un hilito de vida corra todavía por nuestras venas, un hilo delgado, no más grande que un hilo de coser, seguiremos unidos a la vida, seguiremos vivos. Vivos y fuertes. Fuertes aun si débiles. Por eso Zahera luchaba. Para ver el final de la película. El final bonito. Luchaba como una mujer. Una mujer fuerte y bella. Una mujer extraordinaria que no ha renunciado y nunca renunciará a la belleza de estar viva.

En un libro que le había regalado Providence, *El inmenso poder de tu nombre en tu vida*, había leído que «las Zahera luchan con fuerza por su felicidad y por la de la humanidad, son pacientes y amigas muy fieles».

Ella estaba convencida de eso.

Demostraría a todo el mundo que después de haberte tragado una nube aún puedes tener sueños y que ella sería la primera pastelera-astronauta.

Tragarse una nube; fue Providence quien se inventó esa expresión para hablar de su enfermedad, la mucoviscidosis. Era de lo más acertada. Lo que la niña sentía en el fondo de los pulmones era un poco eso, un dolor vaporoso y malvado que la asfixiaba lento pero seguro, como si un día, por descuido, se hubiera tragado un gran cumulonimbo y desde entonces lo tuviera atrapado dentro. Cada mañana desayunaba nubes de fresa. Las echaba en un bol, como los otros niños echaban cereales. Cereales un poco especiales que le irritaban la garganta y que tenía que tragar sin rechistar. Algunos eran alérgicos a los cacahuetes o a las ostras, ella era alérgica a esas nubes tan grandes como París que nacían en lo más hondo de su pecho. De hecho, a veces tenía la impresión de que se comía París. Con sus puentes de piedra, sus casas de grandes tejados haussmanianos, sus museos de cristal y su torre Eiffel. Cada mañana devoraba París ladrillo a ladrillo. Engullía la torre Eiffel tuerca a tuerca. Con todas sus plantas y todos sus restaurantes. Trescientos veinticuatro metros de nube. Los trozos de hierro, de ladrillo y de vidrio le desgarraban los bronquios como alambre de espino, y ella lloraba. Entonces llovía sobre la capital francesa.

A pesar de su enfermedad, Zahera pensaba que era afortunada. En la planta superior había un niño que tenía una dolencia aún más malvada, una enfermedad rara a la que los médicos habían dado el nombre de síndrome de Ondina. Según la leyenda, la ninfa Ondina quiso castigar a su marido y lo condenó a que nunca más pudiera respirar de manera inconsciente, lo que lo mató en cuanto se durmió por primera vez. El síndrome de Ondina; un nombre bonito para semejante horror. Los médicos eran crueles. Como si hiciera falta poner poesía en todo, incluso en la muerte. Resumiendo, cada vez que se dormía, el cuerpo de Sofiane, como el del marido de Ondina, olvidaba respirar. Como si fuera necesario ser consciente para respirar. Como si cada segundo el niño tuviera que ordenar a sus pulmones que se llenaran y luego se vaciaran. Inspiración, espiración. Inspiración, espiración. Respiro luego existo. Sofiane vivía día y noche enchufado a una máquina, como un robot. Un pequeño robot de cuatro años con pulmones perezosos.

Así que en la Tierra siempre había alguien más enfermo que uno mismo. Y darse cuenta de eso permitía relativizar, decirse que al fin y al cabo somos afortunados, que las cosas aún podrían ser peor. Y al ver a Sofiane reír y jugar como cualquier niño de cuatro años, sentías un escalofrío en la espalda. Verlo reírse a carcajadas con los tubos de plástico bailando en la nariz, verlo desternillarse con un chiste, verlo admirar un atardecer, verlo gritar de alegría cuando las auxiliares lo bajaban al jardín durante una hora o dos, verlo releer por milésima vez el único libro de cuentos que había en el hospital… Sofiane daba toda una lección de vida. Cada día. Cada noche antes de que la máquina tomara el relevo de su cerebro para que no olvidara respirar mientras soñaba. Mientras soñaba que ya no tenía que pensar en respirar.

Después de todo, ella solo tenía una nube. Era bonito, una nube. Tal vez su atracción por la meteorología y su deseo de convertirse en pastelera-astronauta se debieran a esta enfermedad.

Aprender a conocer la nube era un poco como aprender a domesticarla, a dominarla y a reducir el sufrimiento. Pero era difícil domar a una nube. Primero había que atraparla. Sin embargo, aun corriendo muy rápido sobre la superficie de la Tierra nunca corres más rápido que las nubes. Ella ya lo había intentado. Además, nunca le habían enseñado a amansar nubes. En Marruecos no se enseñaba a la gente, y menos a las mujeres, a amansar nubes. Era una verdadera pena.

Así que había llegado a la conclusión de que allí arriba, en su oasis de estrellas *Made in China*, en el espacio, dejaría de estar enferma. Porque su nube, gigantesca vista desde aquí abajo, no sería más grande que uno de sus cabellos vista desde la estación espacial. Incluso podría ocultar el planeta entero tras su pulgar apoyado contra la escotilla. Era el milagro de la perspectiva. Y, de todas formas, en el espacio no había nubes, porque no había aire y, por lo tanto, no había condensación de moléculas de aire.

Por encima de la tropopausa siempre hacía buen tiempo. Siempre hacía sol.

Pero el momento de hacer un viaje espacial no había llegado aún, y esos últimos días la nube maléfica se había hecho salvaje. Las crisis, cada vez más violentas, eran también más seguidas. Tenía que aguantar. Ahora que sabía que su madre iría a buscarla para llevársela a Francia era más fácil. La última vez que estuvo allí, pues iba a menudo a verla, Providence le había enseñado las fotos de su habitación y de los juguetes que la esperaban en París, la ciudad de Mickey y de Eurodisney. Le había dicho que pronto podrían escalar juntas las montañas rusas y vestirse como las princesas de los cuentos, ya que los jueces le habían concedido por fin el derecho de adopción, y eso significaba que se había convertido en su mamá también a ojos de la ley.

El día que lo supo, la niña saltó de la cama y trotó por toda la habitación gritando la buena noticia; emanaba tal perfume de felicidad alrededor de ella, que una sonrisa brotó en todas las bocas y cada una de aquellas mujeres olvidó por un instante sus problemas de salud.

Sí, tenía que aguantar. Aguantar hasta que mamá llegara. Le había prometido que iría a buscarla hoy. En los últimos días la pequeña había vivido con ese objetivo. Había vivido para ese día. El día en que por fin empezaría a vivir. Borraba siete años de sufrimiento con un gran gomazo Milan y comenzaba una nueva vuelta de tiovivo. Nerviosa ante la idea de dejar ese lugar, la niña no había dormido en toda la noche. En el calendario de Hello Kitty que la joven francesa le había regalado, todas las casillas estaban tachadas con una cruz y el día de hoy estaba rodeado con un círculo dibujado con pintaúñas de color rosa. Un pintaúñas con purpurina de princesa.

Víctima de un violento acceso de tos, Zahera se plegó en dos en la cama y escupió en una cubeta un líquido espeso y rojizo. Ahí estaba, la nube se despertaba, esa maldita nube que se había tragado cuando era un bebé y con la que cargaba a todos lados. Le hacía pagar tanta felicidad. Y cada vez que le ocurría, ella intentaba convencerse de que era mermelada de fresa que se escurría por sus labios, jugo concentrado de fresas del bosque, convencerse de que sus pulmones estaban llenos de mermelada. Así resultaba un poco más soportable. Aun si esa mermelada le desgarraba el pecho. Una mermelada de ortigas. Y aunque le hacía daño, ella se obligaba a pensar que era una nube buena y que tenía suerte porque la dejaba vivir, mientras que otras nubes, mucho peores, acababan con niños de todo el mundo. Sí, la suya era buena aunque a veces se transformara en mermelada de fresa en el fondo de su pecho. Solo hacía falta imponerse y no permitirle que ocupara demasiado espacio dentro, gritarle «¡Para!» cuando machacaba todo a su alrededor como un paquidermo en una tienda de porcelana. «Mamá, ven rápido, te lo suplico», murmuraba ella sin fuerza antes de dejarse caer como un saco de patatas sobre las sábanas húmedas. El elefante acababa de huir de ella y había roto toda la vajilla.

Lanzada a una vendetta contra todo lo que se parecía poco o mucho al uniforme azul de Royal Air Maroc, Providence la tomó con tres azafatas de la compañía correcta, con dos de otra compañía y con una mujer de la limpieza. Hasta que se dio cuenta de que solo podía enfadarse consigo misma, pues la maldita nube de cenizas estaba demasiado alta en el cielo para saltar hasta ella y barrerla de un manotazo. Una nube de cenizas... ¡Los fumadores fastidiaban pero bien! Ese monstruo negro lo habían creado ellos con tanto humo como habían echado a la atmósfera. El volcán no era más que un pretexto inventado por las tabacaleras. ¡Oh, sí, qué fácil era echarle la culpa a Islandia! ¿Quién se quejaría? Los islandeses seguro que no, ni siquiera sabemos si existen. ¿Conocéis a alguno? ¿Sabéis qué aspecto tiene un islandés? Los científicos han demostrado que a lo largo de la vida tenemos más probabilidades de toparnos con el Yeti que con un islandés…

Si Providence fuera un gigante, le habría dado una soberana paliza a ese cenicero ambulante. Subida a sus altos tacones, habría cogido una aspiradora gigantesca y habría limpiado el cielo en menos tiempo de lo que tardaba en limpiar su apartamento el domingo por la mañana escuchando Radio Bossanova.

Pero no era un gigante y su aspiradora no era más grande que su Samsonite formato especial cabina. Y, además, jamás le habían enseñado a amansar nubes. Era una verdadera pena.

No, por primera vez en su vida, la cartera solo podía esperar, y eso era lo que más odiaba en este mundo. Ella, la mujer con prisa que había aprendido a andar con siete meses. Y calmarse, lo que tampoco le gustaba demasiado. Así que hizo un esfuerzo sobrehumano y se sentó en la primera cafetería que se cruzó en su camino. Estuvo tentada de sacar el MP3, que había guardado en un bolsillo del pantalón vaquero, ponerse los auriculares y escuchar una canción de Black Eyed Peas a todo volumen, pero prefirió pedir un té bien caliente. «Agitado pero no revuelto», estuvo a punto de añadir a la manera de James Bond. Pero el corazón no estaba para eso. Así que gruñó: «¡Un té bien caliente!», sin siquiera decir «por favor», y luego se disculpó por haber sido tan grosera. No tenía derecho a comportarse así. No era culpa de nadie. Era culpa de la nube. Culpa de la vida.

Era solo que Zahera se moría y que ella mientras se bebía un té.

Un té asqueroso. Un té de aeropuerto por el que uno paga una fortuna. Sin embargo, por muy malo que estuviera, el caldo de agua caliente tuvo el mérito de calmarla. Habría preferido beberse una piscina de café en vez de eso. Se habría ventilado más sacos de café que los que salen en un anuncio de Juan Valdés, de un trago, con un embudo. Pero lo había dejado, como el tabaco. Además, tenía que tranquilizarse. Y, hablando con propiedad, esa no era la función primera (ni, de hecho, la segunda) del líquido negro.

Esperó unos minutos más.

En ese juego de paciencia acababa de llegar al final del nivel y escalaba al siguiente. El esfuerzo sobrehumano se había convertido en un esfuerzo divino. Pronto le darían una medalla, la canonizarían. La rebautizarían santa Paciencia.

Sí, se podía hablar de esfuerzo sobrehumano porque ella estaba acostumbrada a controlarlo todo y a no dejarse llevar nunca por los acontecimientos. En el trabajo, ella gestionaba los recorridos de los carteros. Ella decidía en qué barrio empezaba y terminaba cada cartero la jornada. Ella imponía su ritmo. Era el pequeño lujo de un cartero con quince años de experiencia. Decidía si se tomaba su tiempo los días de sol, o si aceleraba cuando no estaba de humor. Pero en los últimos días el sol brillaba siempre en su corazón porque el momento de ir a buscar a Zahera se acercaba a grandes pasos. Esa niña la había hecho renacer. Con treinta y cinco años. Había sido algo totalmente inesperado. Hasta entonces la gran ambición de su vida había sido mejorar la receta paterna de la mayonesa bajo la protectora mirada que el chef tres estrellas Michelin Frédéric Anton le lanzaba a través de la pantalla del televisor las noches de *MasterChef*. Porque la vida era un poco como la mayonesa. Estaba hecha de cosas simples, como la yema de huevo, el aceite, el vinagre, la sal, y no había que ser brusco con ella, pues bastaba un esfuerzo regular para transformarla en la más sabrosa de las mezclas. Eso la ayudaba a calmar los nervios y esa rabia innata que la devoraba. Así que, en efecto, Providence estaba convencida de que si mejoraba su receta de la mayonesa mejoraría su vida. La aparición de Zahera era una gran mejoría. ¡Y ella que pensaba que pasaría el resto de su vida sola, sin descendencia a la que legar su receta! No era un problema de hombres. Le bastaría con chasquear los dedos para tenerlos a sus pies. No, era algo más profundo. El instinto maternal. Tener un trocito de ella siempre con ella. Un trocito de ella que dejaría en la Tierra cuando se fuera y que, a su vez, dejaría un trocito de ellas dos más tarde.

Sin embargo, después de que le quitaran el último pedazo de útero tuvo que aceptar que nunca tendría hijos. El cáncer, en su gran magnificencia, le había dejado elegir. O ella o su deseo de procrear algún día. Fueron tiempos difíciles, pero al final derrotó a esa inmundicia. Pensara lo que pensase su cáncer, ya era madre. Un trozo de papel lo certificaba. Había conseguido vencer a su cuerpo. Acababa de dar a luz a una preciosa princesita marroquí de siete años. Acababa de convertirse en madre sin pasar por la casilla «biberones, llantos e insomnios».

Suspiró, tenía los ojos llenos de estrellas brillantes.

Como en la bonita canción de Cabrel, sabía que cuanto más espacio había entre ella y Zahera, menos podía respirar, como si también ella se hubiera tragado una nube.

El recuerdo de su primer encuentro le arrancó una sonrisa.

Fue una apendicitis lo que la llevó a los brazos de Zahera durante un viaje a Marrakech. La francesa había aterrizado en la planta de mujeres de un hospital de segundo nivel, sin demasiados medios, en el suburbio este de la ciudad. En un abrir y cerrar de ojos había sido propulsada a la parte de atrás del decorado. Allí, ni turistas, ni franceses en pantalón corto y sandalias, ni cosas bonitas a las que sacar una foto, ni pensión completa. Su pulsera «todo incluido» ya no le servía para nada. El vodka gratuito se había convertido en agua del grifo, apenas potable y limitada. Porque no tenían agua embotellada para todo el mundo. Y aquel calor asfixiante… Había echado de menos el aire acondicionado de su habitación cuatro estrellas. Pero solo las primeras horas, pues después encontró el bienestar en algo más profundo, más espiritual. Es triste decirlo, pero uno no llega a conocer bien un país si no ha estado en un hospital. Allí, imposible ocultar la realidad de las cosas. La pintura rosa con la que pintan las paredes del turismo se desconcha, cae y deja a la vista el cemento gris y los ladrillos.

La vida la había arrancado bruscamente de esos lugares que nos hacen vivir la ilusión de que somos ricos. Esa sensación tan curiosa que empieza cuando le das una propina al maletero del hotel, todo un lujo en una época en que las maletas son pequeñas, ligeras y además ruedan. Rica, así era como se había sentido Providence al darle un billete de veinte dírhams. Ella no nadaba en oro, pero siempre había alguien más pobre que uno mismo. ¿Acaso el más pobre de los vagabundos europeos no era más rico que un pobre etíope que no tenía la suerte de que le cayeran unas monedas en el vaso o un trozo de pan en su estómago vacío?

Una insignificante apendicitis había propulsado a Providence a los bastidores de un pedacito de sociedad marroquí. La sociedad femenina enferma, puesto que allí no se mezclaban los sexos. Cada uno tenía su planta. Pero lo que quizá impresionó más a la joven francesa fue que, una vez superada la sorpresa, esas mujeres la consideraron como una más. Había visto a ancianas que se cubrían todas las partes del cuerpo salvo el corazón y la sonrisa, que no dudaban en ofrecer; mujeres que habían perdido a un marido, a un hijo; cincuentonas aún bellas a las que un accidente de tráfico había lisiado de por vida llevándose una pierna o un trozo de cara. Y esa niña pequeña, tan guapa en un universo desfigurado, no apto para su edad, esa princesita a la que una enfermedad terrible había atado a una cama casi desde que nació y que la vida parecía haber olvidado. Allí era un mueble más. ¿Qué esperaba? Ni siquiera lo sabía.

Si Providence hubiera tenido esa aspiradora de nubes, habría aprovechado para hacer limpieza también en el pecho de la niña. Le habría despejado los bronquios a su hija querida. Habría atrapado a esa nebulosa vaporosa y la habría encerrado para siempre en una caja de zapatos.

Las nubes, sin duda, estaban mejor en una caja de zapatos que en el pecho de una niña pequeña.

En cualquier caso, el destino había hecho bien las cosas. Había reunido, en dos camas donde las sábanas se rozaban, a una mujer deseosa de convertirse en madre pero que no podía y a una niña sin mamá. Podría decirse que habían nacido para encontrarse.

Providence cerró los puños y dejó la mirada perdida en su vaso de plástico.

¡Y ahora ponía la vida de su hija en manos extrañas! Dependía de un vuelo, de un avión, de una nube. Sí, la vida de Zahera dependía ahora de dos nubes. La que le quemaba las entrañas y la que taponaba el cielo.

Por si fuera poco, lo que estaba ocurriendo solo concernía a una ínfima parte del globo: los países escandinavos, Francia y el norte de España. El resto del mundo vivía tranquilo, ajeno a las tribulaciones de esa nebulosa de cenizas. Providence se hallaba en el lado equivocado del Mediterráneo. Por una vez.

Cuando una nueva lágrima cayó en el té y provocó una onda circular que por un instante enturbió su reflejo, la joven decidió que debía retomar las riendas y luchar. Cuando una guerra causa estragos no lejos de casa, siempre tenemos la opción de elegir si queremos lanzarnos dentro o preferimos ser meros espectadores. Y Providence no tenía ningún ancestro suizo.

Zahera se enamoró de Providence desde el primer instante.

Porque venía de «allí», porque era una europea, y no es que se vieran muchas en ese hospital. También porque era guapa y se leía una fuerza enorme en su cara. Guapa aun habiendo llegado en una camilla, comatosa todavía, con la boca pastosa y los ojos legañosos.

La niña, que era muy curiosa, supo por la enfermera que la nueva había tenido una «apendicitis», palabra que le explicó.

—Es una infección del apéndice, un trocito de nosotros que no sirve para nada y que hay que quitar cuando pasa esto. Es una operación sin importancia.

La niña pareció aliviada. Pero había otra cosa que la atormentaba.

—¿Sería algo así como un sexto dedo del pie?

—Algo así. No nos serviría de nada. En realidad, un dedo del pie no sirve para nada. Bueno, sirve para comprar esmalte de uñas…

—¿Y por qué lo tenemos si no sirve para nada? No me refiero a los dedos de los pies sino al apéndice.

—No lo sé —respondió Leila sentándose en la cama de la niña—. Hay quien dice que nos queda de cuando éramos peces.

—¿Peces? Pensaba que antes habíamos sido gatos y que el coxis es lo que nos queda de la cola…

La joven enfermera sonrió.

—¡Cuánto sabes! Pues digamos que hemos sido gatos y peces.

—¡Peces gato!

La conversación habría durado horas si Providence no se hubiera despertado en ese momento del letargo en el que los sedantes la habían sumido. Abrió los ojos lentamente para habituarse a la luz del lugar.

—¿Dónde hay peces gato?

Leila rompió a reír, y enseguida, avergonzada, disimuló su gran boca tras la manga de la bata blanca. Su risa contagiosa se propagó como un circuito de fichas de dominó en cascada hasta la última cama del gran dormitorio.

La joven francesa tardó unos minutos en situarse en el espacio y en el tiempo. Luego se preguntó qué hacía en ese acuario donde se hablaba de peces gato. Una ligera molestia en el costado derecho pronto se lo recordó.

Estaba envuelta en un pijama de papel azul y tenía un gran apósito encima de la ingle. ¡Al final había tenido apendicitis! Treinta años esperándola…, desde que un niño de su clase llevó su apéndice en un bote de mermelada lleno de formol y sembró el pánico en la escuela.

Por supuesto, no podía haberle pasado en París. Tenía que haberle pasado allí, entre el desierto y las montañas. No tenía nada contra ese país en particular, pero, no nos engañemos, Marruecos era más conocido y apreciado por sus vasijas, sus alfombras y sus cuernos de gacela que por su sistema sanitario. Además, si esa maldita apendicitis tenía que llegar durante un viaje, ya podía haber elegido Chicago. ¡Oh, sí, una semanita de convalecencia en el hospital de la serie *Urgencias*, con el guapo doctor Doug Ross!

Al mirar a su alrededor, la joven se dio cuenta de que era el centro de atención de toda la planta. Las marroquíes no habrían puesto más cara de sorpresa si en ese momento el esponjoso marciano de Roswell hubiera entrado por la puerta en una camilla y científicos con escafandra lo hubieran disecado delante de ellas y de un equipo de televisión americano.

Providence intentó levantarse pero solo pudo alzar el trasero unos milímetros. Un fuerte dolor en el costado derecho la clavó de inmediato a la cama.

—Bueno, ya que tengo que quedarme aquí encerrada, más vale que nos conozcamos cuanto antes —dijo—. Me llamo Providence. —Levantó la mano para saludar al público—. Y soy cartera, como mi nombre indica.

Solía hacer esta broma cuando se presentaba por primera vez.

Incómodas porque las hubiera pillado en flagrante delito de curiosidad, la mayoría de las enfermas, las más visibles, volvieron la cabeza y se sumieron en su ocupación principal: morir. En cambio, su vecinita le respondió tendiéndole la mano. Era una niña guapa, con coletas largas y negras y con pecas. Parecía que le hubieran espolvoreado las mejillas y la nariz con cacao. Estaba extremadamente pálida y delgada pero tenía el pecho desmesuradamente abombado.

—¿Cómo te llamas? —preguntó Providence.

—Zahera.

—Es bonito.

—Quiere decir «floreciente, realizada» en árabe.

—Se ve en tu cara.

—¡Si fuera tan floreciente no estaría pudriéndome en esta habitación de hospital desde que vine al mundo!

La princesita se dejaba llevar fácilmente por la ira. Pero a los ojos de Providence se había ganado un tanto. Ese carácter fuerte le gustó enseguida; se reconoció en la pequeña cuando tenía su edad. Frente a la cara enfurruñada de su nueva amiga, la francesa sonrió y, viendo que no corría peligro, arrullada por el alivio de los sedantes, cayó de nuevo en un sueño artificial.

Los días que siguieron, la nueva observó sin entender del todo el baile de médicos y enfermeras a la cabecera de Zahera, la visita frecuente del fisioterapeuta para hacerla toser y escupir, los masajes, la botella de oxígeno, la mascarilla apretada la mayor parte del tiempo a su dulce rostro, justo debajo de sus bonitos ojos negros. Una mascarilla para respirar en la nube. De dos a seis horas de cuidados al día, un tratamiento bastante agotador para una niña. Una mañana, aprovechó que la cría dormía profundamente para preguntar a Leila qué enfermedad tenía. La enfermera le confió que la pequeña tenía fibrosis quística, una enfermedad genética grave que provocaba un aumento de la viscosidad del moco en las vías respiratorias. En resumen, Zahera se ahogaba poco a poco, como si le taparan la boca con una almohada, y eso cada vez más fuerte. La imagen era horrible.

Era una afección rara en ese lado del Mediterráneo, una afección que padecían más los europeos. El porqué, no lo sabía. Pero por una vez que una plaga, ciega ante la superioridad económica de los blancos, no devastaba África, no se iban a quejar. Eso explicaba su inexperiencia, la falta de material adecuado, las lagunas en esta caza de nubes. Combatían con cazamariposas mientras que en el norte luchaban con aspiradores antinubes de última generación. A pesar de eso, la niña había vivido bastante más de lo que los médicos esperaban. Eso cerraría por una vez el pico a los especialistas europeos. No está mal, dirían, no está mal para un país del tercer mundo.

Para la cartera, aquello era un descubrimiento, el primer encuentro físico con una enfermedad de la que siempre había oído hablar en televisión sin prestar mucha atención y con un poco más de interés después de que un joven cantante francés de prodigiosa voz, y que se dio a conocer en un famoso reality, desapareció un día a consecuencia de ese horrible mal, sepultado por su nube. Había llorado la pérdida de ese célebre desconocido, de ese hijo de alguien, de ese hijo de una madre. Como esa madre a la que Zahera no conoció porque, como las desgracias nunca vienen solas, hubo complicaciones durante el parto y hubo que extraerla mediante cesárea. Una hemorragia interna puso fin a los días de su progenitora. Fue cuestión de minutos y, ¡hop!, la niña vino al mundo huérfana. Porque nunca se supo nada de su padre. Los primeros llantos, recién sacada del vientre ensangrentado de su mamá, pareció verterlos por ella. No fue un grito de vida, la firma de nacimiento de cada uno, sino un grito de dolor, de tristeza, el grito de una pérdida. El grito de un bebé que pierde lo más querido en este nuevo mundo que se abre a él. Su mamá. La carne de su carne. El cuerpo en el que ha pasado los nueve meses más bonitos de su vida anterior. De su vida interior.

Después de las confesiones de Leila, Providence se lanzó a una carrera desenfrenada para recuperar el tiempo perdido y darle a descubrir el mundo a la pequeña. Porque lo único que conocía de nuestro bonito planeta azul era esa habitación de la primera planta y el jardín del hospital. Providence le enseñó, en su Smartphone 4G, la belleza del mundo, la belleza de la gente, la belleza de la vida. Le enseñó libros, vídeos, artículos de prensa y fotos, muchas fotos. Las fotos de ese hombre que posaba en tutú por todos los rincones del mundo para hacer reír a su mujer, enferma de cáncer. Las fotos de gente ordinaria que un día hacen cosas extraordinarias. Porque mientras hay vida hay esperanza y mientras haya seres humanos habrá amor.

Zahera se sentía como esos presos que, mientras cumplen condena, aprovechan todo el tiempo disponible en prisión para sumergirse en los libros, convertirse en alguien de bien, y prepararse para la nueva vida que les espera a la salida. La pequeña llevaba siete años postrada en esa cama y ahora se daba cuenta de que podía convertir aquello en una fuerza. Tenía tiempo. Tiempo para aprender y conocer el mundo. Su sed de leer y saber era inmensa. Lo absorbía todo como una esponja en el mar. En unos días engulló el equivalente de una biblioteca de barrio. En unas semanas, la Biblioteca Nacional de Francia y la Sorbona. Después de pasar años tragando nubes tan grandes como la torre Eiffel, ahora se ponía a devorar bibliotecas enteras, estantería tras estantería, perno tras perno. A su organismo nunca le faltaría hierro. Una alternativa original a las espinacas.

La niña aprendió así que las ardillas de Central Park estaban tristes los lunes. ¿Sabían que el lunes es, estadísticamente, el día en que el riesgo de sufrir un infarto es mayor?

Aprendió que un camello podía beber ciento treinta y cinco litros de agua en diez minutos. Que el noveno presidente de Estados Unidos fue un tal William Henry Harrison, cuyo mandato, el más breve de la historia del país, solo duró treinta días, doce horas y treinta minutos. Que la escena en la que Indiana Jones mataba de un tiro al malo que trataba de impresionarlo con su demostración de sable no estaba prevista y que Harrison Ford la había improvisado porque sufría diarrea del viajero y quería terminar el rodaje cuanto antes ese día. Que el conserje de lujo internacional John Paul podía entregar, en el momento, un elefante en un yate privado en pleno océano para satisfacer los caprichos de un millonario. Que los tebeos de Tintín no tenían más de sesenta y dos páginas y que *Tintín en el Tíbet* era el único en el que se veía al protagonista llorar.

Aprendió también que un indonesio de su edad acababa de empezar un tratamiento de desintoxicación para dejar de fumar. Que la palabra «mafia» databa de la revuelta de los sicilianos contra los ocupantes franceses en 1282 y era el acrónimo de su grito de guerra «*Morte ai francesi Italia anela*» («Muerte a los franceses desea Italia»). Que como mínimo hacían falta sesenta toneladas de pintura para repintar la torre Eiffel, cosa que se hacía cada siete años. Que el primer episodio de *Colombo* lo había dirigido Steven Spielberg. Que el pintor español Jesús Capilla componía sus colores a partir de tintes naturales (sangre para el rojo, yema de huevo para el amarillo, perejil para el verde). Que a un australiano de doce años, enfadado por ver siempre su país abajo a la derecha en los mapas, un día se le ocurrió la buena idea de girar el mapamundi y centrarlo en Australia. Que había colmenas en el tejado de la Ópera Garnier de París y que allí se producía miel. Que la bandera nepalí era la única que no era rectangular. Que Albert Uderzo, el dibujante de *Astérix*, era daltónico y nació con seis dedos en cada mano. Que había una niña india que había nacido con cuatro brazos y cuatro piernas y que sus padres le habían puesto de nombre Lakhsmi, la diosa hindú de la riqueza, dotada ella también de cuatro brazos. Que el símbolo «&» se llamaba *et*, lo había creado el esclavo secretario de Cicerón y se consideró la vigesimoséptima letra del alfabeto francés hasta el siglo XIX. Que Honoré de Balzac solo medía un metro cincuenta y siete. Que a lo largo de nuestra vida caminamos el equivalente de tres vueltas al mundo. Que en Nueva Zelanda nada menos que novecientos automovilistas habían declarado su vehículo en la categoría de «coche fúnebre» para pagar menos impuestos. Que Agatha Christie escribía sus novelas de un tirón hasta el penúltimo capítulo, elegía entonces quién sería el asesino menos probable y luego lo reescribía todo desde el comienzo para que cuadrara. Que los primeros biquinis se vendieron en cajas de cerillas. Que la araña no se quedaba atrapada en su propia tela porque ponía cuidado en pisar solo los hilos no pegajosos que había tejido con ese objetivo. Que Tom Cruise se llamaba en realidad Thomas Cruise Mapother IV. Que era hijo de Thomas Cruise Mapother III, ingeniero eléctrico. Y que si se cortaba una manzana en dos por su eje horizontal se obtenía en el centro una bonita estrella de cinco puntas.

En internet había de todo. Era la puerta al mundo al que la niña no había tenido acceso durante todos esos años.

La víspera de la partida de Providence, una vez recuperada de su intervención quirúrgica, la pequeña marroquí se confió a ella y le confesó que de mayor quería ser pastelera-astronauta, un secreto que jamás había revelado a nadie, sobre todo por el tema de montar las claras a punto de nieve en ingravidez. Pero en Providence tenía toda la confianza del mundo.

—Por cierto, ¿te acuerdas de lo que me trajo aquí? —preguntó la francesa.

La pequeña buscó la palabra durante un instante.

—¿La apendicitis? —dijo al fin.

—Sí. Pues bien, ¿sabías que si un día vas al espacio a cocinar suflés y a montar claras a punto de nieve, te quitarán el apéndice antes de partir en misión? Solo por si acaso. Porque si esto te ocurriera allí arriba, sería realmente muy delicado. No hay quirófano ni cirujano, ¿entiendes? Así que mejor prevenir.

Después le prometió que haría todo lo posible por que su sueño se hiciera realidad y se convirtiera en la primera «pastelera-astronauta» del universo. También le prometió que al cabo de unas semanas volvería a verla con regalos.

—¿Me lo prometes?

—Te lo prometo.

—¿Aunque sufras otra apendicitis?

—Si hiciera falta, tendría todas las apendicitis del mundo para venir a verte. Y si contamos una por persona sobre la Tierra, eso hace millones de apendicitis. Te prometo que estaré aquí dentro de tres semanas.

—Eres un poco como una mamá teledirigida.

—¿Una mamá teledirigida?

—Sí, porque si tuviera un mando a distancia para mamás, haría que vinieras todo el rato, cada vez que estoy triste. De hecho, ni siquiera te dejaría marchar.

—Vendré cada vez que estés triste, ángel mío. Seré tu mamá teledirigida.

Y cumplió su promesa. Frecuentes idas y venidas durante dos años habían unido a las dos vecinas de cama, llenando el corazón de Providence de felicidad y su monedero de tarjetas de fidelidad de las compañías aéreas que hacían el trayecto París-Marrakech.

Providence sonrió de oreja a oreja. Le había bastado pensar en Zahera para que el terrible té que estaba deglutiendo se convirtiera en el precioso néctar ofrecido por un marajá indio y el aeropuerto se transformara en un palacio. Era como cuando en el teatro la luz se apaga entre dos escenas y los técnicos hacen correr grandes paneles e instalan nuevos accesorios para cambiar el decorado. Un teatro con sus figurantes, millares de turistas atrapados con ella en el escenario. Más que ser una mamá teledirigida, era un avión teledirigido lo que le habría gustado tener ese día, en esas circunstancias, para poder ir a buscar a su hija. Un arrebato de vida sacudió su costado derecho como para recordarle que fue ahí donde todo comenzó, que fue ahí donde su cuerpo empezó a sentir. Y después el dolor viajó a su vientre hasta convertirse en una agradable sensación de calor en su pecho, en su corazón. Su bebé. Su pequeña.

La esperanza volvió a Providence en menos tiempo del que hacía falta para descongelar un pescado empanado Pescanova. Y con ella, la fuerza para mover montañas. Empezó por desplazar las de menor tamaño, que le servían de trasero, y se levantó de un salto. Maleta en mano, se puso a buscar los stands de alquiler de coches. Alquilaría un coche y bajaría hasta Marruecos a toda pastilla para buscar a su hija.

Cuando por fin llegó (a los stands de alquiler, no a Marruecos), la joven se dio cuenta de que no era la única que había tenido esa brillante idea. Había tanta gente que por un instante pensó que estaban repartiendo gratuitamente billetes de quinientos euros. La interminable cola le recordó a las de las carnicerías soviéticas de los años setenta. ¿Habría más coches de alquiler que filetes rusos? No estaba segura. Providence decidió verlo más de cerca; a fuerza de codazos y maletazos Samsonite se adentraría un poco más en la muchedumbre.

Puso la maleta delante de ella y la empujó sin escrúpulos, golpeando tibias y sin olvidar pedir perdón cada vez y poner cara de inocente. Tras unos metros, de pronto, para sorpresa de unos cuantos curiosos que seguían su avance con interés y de otros que habían aprovechado para deslizarse detrás de ella como se deslizan algunos en la estela de una ambulancia, dio media vuelta bajo la mirada furiosa o alarmada de las personas a las que había empujado a la ida y a las que se disponía a maltratar de nuevo los pies y las tibias a la vuelta.

En efecto, gracias al rumor de la gente, se había enterado de que lo que más temía acababa de producirse. Se acabaron los filetes rusos. Se acabaron los coches de alquiler.

Algo totalmente creíble teniendo en cuenta los cientos de personas que estaban matándose por la última llave, como si fuera la única manera de sobrevivir, como si abriera la caja fuerte del Banco de Francia. Todo lo que tenía ruedas ya estaba pillado. Los coches, las motos, las bicicletas, incluso las sillas de ruedas. Providence decidió que no perdería ni un minuto más allí.

Tenía que haber otro modo de salir de Francia. ¿Qué le quedaba? Contó con los dedos. Avión, coche… ¡tren!

No estaba mal, en tren. Miró su reloj. Eran las diez y cuarenta y cinco. Eso le recordaba que su avión, que seguía confirmado pero con un retraso bárbaro, tenía que haber despegado esa mañana a las seis y cuarenta y cinco. Hacía seis horas que se había levantado. Para nada.

Hizo un cálculo rápido. Se necesitaban siete horas para alcanzar la frontera española, y luego, una buena decena para bajar hasta Gibraltar. Contando el tiempo de espera de las correspondencias y los eventuales retrasos, llegaría a Marrakech al día siguiente. La luna se habría levantado y vuelto a acostar. Y ella no habría cumplido su promesa. Pero a veces hay que hacer concesiones para alcanzar objetivos, habría dicho el difunto Steve Jobs gritando en un micrófono delante de un público emocionado. A pesar de todo, iría a buscar a Zahera y la traería con ella. Era una buena concesión.

Providence se coló en la muchedumbre y se encaminó hacia la salida. Le daba la impresión de que tendría que caminar kilómetros para salir de esa terminal opresiva. Sin duda porque iba esquivando constantemente a todo el mundo, lo que la enlentecía mucho, y porque llevaba varios minutos andando sobre una cinta que corría en sentido contrario…

Cuando llegó delante de la escalera que llevaba a la lanzadera Orlyval se preguntó si no debería esperar a abandonar el aeropuerto cuando anulasen su vuelo. No habían anunciado ninguna hora y ya llevaba un retraso de cuatro horas, pero si al final salía, no se lo perdonaría. Porque aunque despegara a primera hora de la tarde, estaría en Marrakech mucho antes de que su tren entrara en España.

Su cerebro comenzó a calentarse. Sintió que unas gotas de sudor se aventuraban en su frente en busca de un mundo mejor. ¿Qué debía hacer? Aunque fuera una mujer impaciente, tenía pánico a tomar ese tipo de decisiones tan rápido. Generalmente eso terminaba en catástrofe. Y era la vida de Zahera la que estaba en juego. No podía permitirse el lujo de equivocarse.

La parálisis de la indecisión la acechaba.

Pero todo esto era antes de que apareciese el pirata chino.

Vestido con ese mono fluorescente parecía un prófugo de Guantánamo, algo poco probable a menos que los chinos se hubieran lanzado a la moda tendencia «terrorismo islamista» sin que Providence se hubiera enterado. Después de todo, no solía ver las noticias de la tele.

—Diantre, ¿tienen probleeeeeemas? ¡Diablos, nosotros los resolvemos todos con un trago de ron!

El hombre que estaba delante de ella lo tenía todo de un asiático que se hubiera tragado un pirata en el desayuno, un pirata con un acento chino del carajo. Gritaba «probleeeeeemas» como si fuera una cabra, si es que una cabra puede tener problemas y gritarlo. Fuera como fuese, había elegido bien el lugar. En Orly ese día los problemas no escaseaban.

—Diantre, ¿tienen probleeeeeemas? ¡Diablos, nosotros los resolvemos todos con un trago de ron!

Sermoneaba a un público fantasma, como esos predicadores americanos que, subidos a un banco en la esquina de una calle, anuncian el fin del mundo. Salvo que él no estaba subido a un banco, no era americano y no anunciaba el fin del mundo (aunque este nunca había parecido estar tan cercano como entonces).

Era un pirata chino al que solo le faltaba el loro en el hombro, el parche y la pata de palo. De pie, al lado de la escalera mecánica, distribuía folletos a cientos de zombis que pasaban delante de él sin verlo a pesar de su vestimenta llamativa y de los gritos que daba. Tal vez solo fuera producto de la imaginación de la joven, una alucinación debido a la fatiga. Providence se acercó. Delante de ella, una señora mayor desorientada cogió el papel que le tendía el chino, se sonó la nariz con él sin mirar siquiera de qué se trataba y luego lo tiró al suelo. La terminal se había convertido en un vertedero público gigante y a nadie parecía importarle. La limpieza y el orden habían pasado a ser superfluos en esa nueva sociedad. A ese ritmo, RoboCop y Juez Dredd retomarían pronto su servicio.

Providence se puso delante del joven y esperó. No sabía qué mosca la había picado. Una fuerza misteriosa, quizá la curiosidad, la empujó a tender la mano para coger un folleto. El filibustero chino de pijama naranja le lanzó una mirada extraña. No debía de estar acostumbrado a que lo vieran, menos aún a que lo miraran. Le parecía como si el único ser humano del lugar se hubiera fijado en él. Alrededor de ellos, las abejas en sandalias y camisa hawaiana continuaban su ridículo baile en ocho.

Sin moverse un pelo, Providence se sumergió en la lectura de la publicidad que distribuía el chino. Cualquiera habría dicho que esa literatura le parecía interesante. Intrigado, el hombre miró a su vez uno de los folletos para comprobar que no se habían transformado, sin él saberlo, en versos de Arthur Rimbaud.

Sumo Maestro Tchin Gha

Especialista en problemas afectivos. Conoce todas las dificultades de tu vida. La suerte te sonreirá y tu vida se transformará.

Matrimonio, éxito, timidez, permiso de conducir, exámenes, exorcismo, impotencia, diarrea, estreñimiento, adicción a ir de compras o a Harry Potter, regreso al hogar de la persona amada.

Trabajo serio, eficaz y rápido.

Facilidades de pago según tus ingresos.

Recibe todos los días de 9h a 21h en Barbès, frente al quiosco de bebidas Sahara.

No tirar en la vía pública.

Nada que ver con Rimbaud.

La joven francesa alzó de nuevo la mirada hacia él (el asiático, no Rimbaud). La globalización realmente afectaba a todos los sectores. Incluso el de charlatán, hasta entonces monopolio de los brujos africanos. De la diarrea al permiso de conducir pasando por la adicción a la saga de Harry Potter, ¡diantre, ese Sumo Maestro Tchin Gha cubría todos los ámbitos y resolvía todos los probleeeeeeemas!

—Espero que sea más serio que su nombre… —dijo Providence para romper el hielo.

El hombre no pareció entender el juego de palabras y se quedó inmóvil delante de ella, como esas estatuas humanas que se prodigan en los lugares turísticos.

—Lo decía por lo de Tchin Gha... de chingar... —explicó ella ante la impasibilidad del chino.

Al evocar el nombre de su maestro, el hombre cobró vida como si la viajera acabara de echar una moneda en el plato.

—¡Por todos los diablos! —exclamó—. ¡No pronuncie su nombre!

—¿Cuál, Tchin Gha?

—¡Chis! ¡Diantre!

—¡Pero si está escrito en este papel!

—¡Mil millones de mil cuatrocientos noventa y cinco truenos!

El asiático se había transformado en una jukebox de maldiciones.

Lanzó miradas furtivas a su alrededor como un traficante en plena faena.

—Pues léalo en su cabeza —continuó, aliviado—, pero el nombre del Maestro Sensei no debe pronunciarse nunca.

—¿El Maestro son seis?

—No, uno.

—¡Pero si acaba de decir que son seis!

—¡No, el Maestro Sensei es uno!

—¿El Maestro son seis en uno?

—¡No, el Maestro Sen-sei! Es un término japonés que significa «profesor».

—Vale, vale. ¿Y por qué habla usted como un pirata?

—¿Como un pirata? —repitió el hombre, sorprendido—. No entiendo a qué se refiere, grumete.

Este chino está chiflado, pensó la joven cartera, que se disponía a dar media vuelta y dejar a ese tarado plantado allí mismo. Pero este le puso una mano en el hombro y la retuvo.

—Yo puedo ayudarla.

—¿Perdón?

—¡Veo en sus ojos que tiene probleeeeeemas!

La joven señaló con el índice a la turba enloquecida que hormigueaba alrededor de ellos ajena a esa conversación irreal.

—¡No me digas, Sherlock! Y parece que no soy la única.

El asiático sonrió y luego su cara se volvió a cerrar. Se acercó a ella y bajó la voz. Providence temía que de un momento a otro se abriera el pijama naranja y le ofreciera una colección de relojes robados.

—¿Qué puedo hacer por usted? —preguntó sencillamente.

—¿No tendría por casualidad un avión bajo el brazo?

El chino levantó el brazo y miró intrigado.

—Es una expresión —dijo Providence, conmovida por la inocencia del hombre—. Me contentaría con que consiguiese que mi avión despegase.

—¡Sobre los aviones, grumete, es a Air France a quien hay que preguntar! —exclamó volviendo a dejar el brazo en su posición inicial.

—Sí, en fin, en mi caso sería más bien a Royal Air Maroc. Pero se lo preguntaba porque como en su papel dice que usted es capaz de cambiar la vida de las personas...

—¡Por mis barbas! —exclamó el asiático, que no tenía barba—. ¡Qué bueno! ¿Piensa usted que yo soy el Maestro Sensei? Yo no soy más que un marinero que distribuye folletos. Si desea encontrar al viejo, debería izar las velas en esa dirección. Él es capaz de cambiar la vida de las personas.

Parecía una escena de *La isla del tesoro*, o más bien un *remake* malo de la película de Fleming, interpretada por Kubrick una noche de borrachera.

El hombre señaló el trozo de papel. La uña de su meñique era desmesuradamente larga. Un poco como la de los guitarristas de flamenco. Mete un chino, un terrorista islamista, un pirata y un andaluz en una lavadora y saldrá este tipo, pensó Providence, a la que todo aquello empezaba a sonarle a chino, lo cual no era de extrañar.

—Ponga rumbo a Barbès. Justo enfrente del Sahara.

—¡Ah, sí, el Sahara, el bar! ¡Por un segundo pensé que me estaba enviando al otro continente! Que es justo el lugar al que debo ir. Habría sido divertido.

—...

—Me temo que no es posible —dijo Providence poniéndose seria—. No puedo irme del aeropuerto. Tengo que esperar a que salga mi avión.

Se preguntaba por qué seguía hablando con él.

—¡Menudo fastidio, grumete!

—Imagino que no se desplaza, ¿no?

—¿Quién?

—Pues el Maestro Tchin Gha.

—¡Chis! No, señorita, el Maestro Sensei solo recibe en sus aposentos. Cuestión de seguridad...

—¿De seguridad?

—El Maestro Sensei es un hombre muy poderoso. ¡Reina en la Humilde Casta de las Mantis Tejedoras!

—¿Las Mantis Tejedoras? Querrá decir las mantis religiosas.

—En su país las mantis rezan —explicó el asiático juntando las manos y frotando una con otra—, pero en nuestro país tejen. Sí, para ser precisos, los monjes de esta casta tejen ropa de queso.

Providence, que sentía que perdía cientos de neuronas cada segundo de esa conversación de locos, prefirió no saber más.

—Resumiendo, es un Maestro muy poderoso pero que vive en el humilde barrio de Barbès, si he entendido bien...

—¡Oh!, eso es solo cuestión de marketing, ya sabe. El Maestro vive en una lujosa residencia del 16.

—¿Del siglo XVI?

—¡Del distrito dieciséis! —rectificó el chino, extrañado—. *Arrondissement!* Si no, habría dicho «XVI», en números romanos.

—En una conversación no se ven los números romanos.

—Tiene razón. Bueno, como decía, para este tipo de negocio da mejor impresión tener la consulta en Barbès que en el 16 (en números arábigos, preciso), vaya a saber por qué.

—Entiendo... —dijo Providence, que no entendía—.

De todas formas, ni Barbès ni el 16 me convienen. No puedo salir del aeropuerto. Informan sobre los vuelos cada minuto.

No sabía cómo poner fin a esa conversación y despedirse de ese pobre hombre. ¿Qué le había pasado para abordar a ese chalado? A veces, en el andén del metro o en una sala de espera, se nos acercan personas raras y nos hablan de su vida, de sus problemas sin que les hayamos preguntado nada. Los escuchamos sin prestar atención y rezando para que el metro llegue pronto o que el auxiliar del dentista nos haga pasar. Ya le había ocurrido varias veces. Pero en esa ocasión solo ella tenía la culpa. Había sido ella la que había ido a buscarlo.

—El Maestro Sensei es más poderoso que Air France, que lo sepa —dijo el chino de pijama naranja sintiendo que estaba a punto de perder a su cliente—. Hace un momento me ha preguntado si yo podía hacer algo por su avión. El Maestro puede hacer mucho más que eso. Palabra de pirata.

El hombre acababa de reavivar la curiosidad de Providence.

El asiático miró alrededor y de nuevo se aseguró de que nadie, salvo ella, oyera lo que estaba a punto de decir.

—¿Quiere aprender a volar? —le preguntó como quien ofrece un chicle de fresa.

—¿Disculpe?

Providence tenía la impresión de que acababa de captar ondas del más allá en una radio vieja o señales de otro planeta en las que solo hablaban en extraterrestre. No entendía nada.

—Si quiere salir hoy, es la única solución que le queda. Volar por sus propios medios.

Algo en él había cambiado.

—¿Quiere que aprenda a pilotar un avión en una tarde? —exclamó, estupefacta.

—¿Quién ha hablado de pilotar? Le hablo de volar, ¡diantres!

Diciendo esto, comprobó que nadie lo miraba, se posicionó en un ángulo de noventa grados con respecto a la joven y agitó discretamente las manos cual si fueran alas. A Providence ese gesto le habría parecido ridículo si las suelas de las Converse del pirata no se hubieran separado del suelo cinco centímetros.

El hombre dejó de remover el aire y sus pies se posaron lentamente.

—¿Cómo ha hecho eso? —preguntó, alucinada.

Buscó posibles testigos de la escena, pero nadie había prestado atención. El mundo seguía su curso, ajeno al increíble evento que acababa de tener lugar ante sus ojos.

Por supuesto, los iniciados habrán reconocido la levitación Balducci, un truco de magos callejeros visualmente muy sorprendente pero más falso que una moneda de tres euros de chocolate.

—¡Confíe en mí y vaya a consultar al Maestro, palabra de bebedor de ron! ¿Adónde vuela exactamente, damisela? —añadió ante la expresión atónita de su interlocutora.

La voz del chino devolvió a Providence a la realidad. Si a eso se le podía llamar realidad. Era todo muy difícil de creer.

—Mmm… a Marrakech. Pero ¿cómo ha hecho eso?

El hombre levantó la mirada al cielo y comenzó a temblar.

—¡Jack el maldito! Veo que van a cancelar su vuelo —dijo seguro de sí mismo, como si estuviera teniendo una visión—. ¡Por todos los huesos del esqueleto de Rackham el Rojo! Su vuelo es el Royal Air Maroc AT643, ¿verdad, grumete?

—¿Cómo lo sabe? —preguntó Providence, que ignoraba que a su espalda, sobre la gigantesca pantalla de salidas, las palabras CANCELADO/CANCELLED parpadeaban en rojo al lado de su número de vuelo desde hacía, al menos, un minuto.

—Yo también tengo algunos poderes. Soy mentalista. Si yo fuera usted, levaría el ancla y pondría rumbo a Barbès sin perder un segundo.

En ese momento, una voz de robot anunció a través de los altavoces que el vuelo Royal Air Maroc AT643 con destino Marrakech, inicialmente previsto para las 6.45, acababa de ser cancelado.

¡Increíble!, pensó Providence, asombrada de los poderes del hombre en pijama antes de que este se escabullera entre la multitud y desapareciera, en una interpretación moderna, libre y naranja de «¿Dónde está Wally?».

Providence había regalado un pequeño ordenador a Zahera con conexión a internet para que pudiera seguir aprendiendo cosas cuando ella no estuviera. Siempre le decía: «A ver si cuando vuelva me cuentas cosas sorprendentes. Cosas que ni yo conozco».

Y eso arrancaba una sonrisa a la niña, que se lanzaba enseguida a una búsqueda interminable. Tenía que recuperar esos siete años vacíos, siete años de hibernación en ese pequeño hospital sin saber nada del mundo.

Presa de unas ganas locas, imperiosas y devastadoras de saberlo todo sobre todo, había noches en que no dormía, sentada en la cama con las piernas cruzadas y envuelta bajo las sábanas para no despertar a las demás con la luz de su pantalla. Se convirtió en una esponja impaciente por absorber la totalidad del saber humano. Tenía la impresión de que a su alrededor se interconectaban incluso las cosas más remotas, las más improbables, cosas que parecían no tener nada en común. En realidad, todo podía relacionarse y dibujar así una inmensa red de sabiduría, un mapa del conocimiento humano, una constelación como la que decoraba su techo con estrellas fosforescentes. Entonces podía decir todo y su contrario. Decir, por ejemplo, que era la descendiente marroquí de William Shakespeare. Decir que el escritor inglés estaba a punto de inventar el *moonwalk* el día en que ella iba a celebrar su −399 cumpleaños. Incluso había encontrado la manera de transcribir su edad negativa sobre una tarta de cumpleaños poniendo todas las velas del revés. Y así, sin esperarlo, se obtenía una nave espacial lista para despegar o una medusa bordeando las costas del Magreb en un cálido verano.

Fue así como se enteró de que las estrellas no venían de China, que ningún chinito había fabricado ningún objeto celeste para enviarlo al espacio con el fin de iluminar el cielo y el desierto de Marruecos por la noche. Que una estrella, según la Wikipedia, no era más que una bola de plasma cuyo diámetro y densidad son tales que la región central alcanza la temperatura necesaria para el inicio de reacciones de fusión nuclear y que Rachid era, pues, un mentiroso que le había regalado una burda réplica. Estaba un poco decepcionada, pero ¿cómo podía guardarle rencor a ese hombre que la quería tanto y que le despejaba los bronquios a lo largo del día, ese hombre al que le debía la vida más que a su propio padre, ese hombre que había querido darle una alegría con un trocito de piedra? Para no herirlo, no le dijo que ya sabía la verdad. Además, el objeto venía de China, un país lejano y exótico cuyo nombre ella relacionaba con cosas maravillosas. De un día a otro dejó de rezar por ese pueblo que en absoluto era responsable de la iluminación nocturna del desierto marroquí.

En unas semanas, Zahera se había convertido, en el hospital, en la mensajera del mundo exterior. Las pacientes le hacían un montón de preguntas sobre el universo con el que la mayoría no tenían contacto desde que pusieron el pie allí. Durante su convalecencia, la niña informaba a las enfermas sobre los estrenos del cine, los productos de belleza, los últimos modelos en teléfonos móviles, los costilleos sobre los famosos. Zahera se había convertido, de repente, en la novedad. Era el nuevo juguete. Les contaba todo y, puesto que lo sabía todo sobre todo, amenizaba las discusiones con anécdotas insólitas y picantes.

Cuando Providence llegó, le pidió que hiciera la prueba:

—Elige dos palabras sin ninguna relación aparente e introdúcelas en Google. Te sorprenderá el número de páginas o de artículos en los que aparecen juntas.

«¡Mira!», exclamaba orgullosa como una maga primeriza que ha conseguido su primer truco. En el ordenador, más de una decena de páginas relacionaban las palabras «Hitler» y «cacahuete», aunque la congruencia de tal combinación fuera, como mínimo, estrambótica. A menos que la segunda palabra se refiriera al tamaño del corazón del primero…

—Siempre hay relación. Siempre.

Y luego la cartera se volvía a su país para trabajar un poco. Los franceses no podían prescindir durante demasiado tiempo de las buenas noticias que ella les traía.

A regañadientes, la niña debía compartir a su amiga con un centenar de seres humanos. Así que, para olvidar su ausencia, se sumergía en nuevas búsquedas y devoraba todo a su paso. No se acostaba sin haber aprendido cosas como que en los Jameos del Agua, en las islas Canarias, había un pequeño lago habitado por cangrejos albinos ciegos. Minúsculos cangrejos, muy sensibles al ruido, cuya supervivencia estaba amenazada por la manía de los turistas de tirar monedas al agua. Que los llaveros de la torre Eiffel, agotados en las tiendas de París gracias a los turistas chinos, estaban fabricados en… ¡China! Que en el África subsahariana perforaban el cuerno de los rinocerontes con un taladro y les metían un veneno rojo para disuadir a los cazadores furtivos. Que en ruso «catástrofe» se dice *katastrof* y «teléfono» se dice *telefon*. En ese caso, ¿de qué sirve el ruso si es igual que el español? Que a un hombre lo habían apuñalado 16.302 veces y no había muerto (pero fue en el teatro, claro). Que los tejedores de alfombras persas y árabes incluían siempre voluntariamente un error en sus obras para romper el equilibrio perfecto, ya que solo Dios hacía cosas perfectas.

Solo Dios hacía cosas perfectas. Y Providence también, porque Providence era perfecta y a Zahera le gustaría parecerse a ella cuando fuera mayor. Bueno, si alguna vez lo era. Y volvía a pensar en su enfermedad. Al final, en internet o en la vida real, todo la devolvía a su nube.

P rovidence no daba crédito a lo que estaba viendo.

Allí, en la pantalla de cincuenta pulgadas Samsung colgada en la pared de la terminal, un periodista zarandeado por la muchedumbre enloquecida se tambaleaba de derecha a izquierda como en un mar enfurecido, sujetándose al soporte del proyector para no caerse.

Los subtítulos, de color rojo, anunciaban que la escena había sido grabada en directo desde el hall de la Gare de Lyon, en París, donde todos los trenes habían sido asaltados. Detrás del pobre presentador, el mismo paisaje apocalíptico que en Orly. El mismo hormiguero alborotado. Francia entera parecía presa de esa terrible vorágine de fin del mundo.

Unos segundos después de la desaparición repentina del pirata chino y de la confirmación de la anulación de su vuelo, Providence se dirigió a la lanzadera del Orlyval con la intención de presentarse en la estación más cercana y subir en el primer tren que fuera hacia el sur.

Otra idea brillante que acababa de explotarle en la cara como una pompa de chicle. Providence detuvo la Samsonite, su pequeña isla en aquel océano. Si en ese momento hubiera pasado un avión por el cielo, habría subido rápidamente a su maleta y habría levantado los brazos para lanzar señales de socorro. Pero ese día Orly era el único lugar de la Tierra que no era sobrevolado por ningún avión.

Otra vuelta de tuerca. Cada vez un poco más. Cada vez una vuelta más, como cuando escurrimos una prenda mojada retorciéndola. Ni avión, ni coche, ni tren, una condena a la inmovilidad. En París, solo el metro, el autobús y el RER* parecían funcionar, pero, si no estaba equivocada, ninguno de ellos llegaba hasta Marrakech.

De pie en el andén, con un pie en el aeropuerto y el otro fuera, dejó que la lanzadera que acababa de llegar se fuera. ¿Para qué ir a la estación de tren si iba a encontrar el mismo apocalipsis, la misma locura asesina?

¿Autoestop? A la joven no le habría costado nada encontrar un conductor masculino deseoso de llevarla hasta el fin del mundo. Pero era demasiado arriesgado. Podría dar con un desequilibrado o con un ex director del Fondo Monetario Internacional de vacaciones por los alrededores.

La francesa pensó en su Cuatro Latas amarillo de Correos, pero estaba en el taller desde hacía una semana, después del turno alcoholizado de un colega, en el sentido literal de la palabra, pues el coche había terminado em-

* Tren de cercanías del área suburbana de París.

potrado en una tienda de licores. Y, por supuesto, ni hablar de la bicicleta de cartero.

En resumidas cuentas, no quedaba gran cosa. Aparte de los pies. Pero ese era, de lejos, el medio más lento. En pleno siglo XXI, el hombre seguía demasiado limitado en términos de transporte. ¡Ya era hora de que apareciese el nuevo Leonardo da Vinci! ¡Tenía mucho que hacer!

Como la teletransportación aún no se había inventado (el hombre estaba todavía en el estado embrionario de la deportación y de la expulsión), Providence empuñó su móvil y marcó el número del hospital. Zahera se llevaría una decepción, eso seguro. Quizá no volviera a confiar en ella. Pero bueno, eran los avatares de la vida. Mira por dónde, le enseñaría una nueva palabra, «avatar». ¿Qué iba a decirle? ¿Que llegaría un poco más tarde de lo previsto? Pero ¿cuándo exactamente? Ni siquiera ella lo sabía.

Odiaba dar malas noticias. Por eso se había hecho cartera. Porque quería llevar buenas noticias a la gente. Porque quería ser esa cigüeña que llevaba felicidad en su fardo. Cuando entró en Correos, tenía veinte años y la cabeza llena de sueños, pero la experiencia le enseñó que un cartero, por muy optimista que fuera, llevaba también un lote de malas noticias y de tristeza a los hogares. Eso no la había desanimado.

Sonó un tono. Luego dos.

Providence bajó la mirada al suelo. Al lado de su sandalia, rozando el sexto dedo de su pie derecho, había un papel. La persona que lo había tirado al suelo lo había utilizado para sonarse la nariz y luego había hecho una bola con él, pero podían distinguirse dos palabras impresas con tinta negra:

Sumo Maestro

Levantó la mirada y vio un cartel que le llamó la atención.

El tercer tono resonó en el teléfono y, antes de que nadie respondiera, colgó. Era demasiado fácil tirar la toalla. Quizá lo había intentado todo. Pero no lo imposible.

Así pues, un folleto y un simple cartel hicieron que Providence se decidiera a lanzarse en cuerpo y alma a la aventura más loca de su vida.

El cartel era publicidad de una gran ONG especializada en el apadrinamiento de niños con sida en África. Se veía un pueblo recóndito del continente lleno de niños a los que les habían pintado alas de plumas blancas con Photoshop. «El amor da alas», decía el eslogan.

El enunciado dio varias vueltas en la mente de la cartera, como un calcetín a punto de pasar por el programa de centrifugado. «El amor da alas.» La frase era un tópico, pero la joven estaba convencida de que había que tomarla en el sentido literal, que ese cartel no estaba allí por azar, que ese anuncio le estaba destinado. Parecía decirle: «Providence, el amor puede hacer que te crezcan alas si piensas mucho en Zahera».

¿Acaso era víctima de la misma locura inconsciente que había asaltado a Dédalo, padre de Ícaro, el día en que se le ocurrió huir del laberinto del Minotauro pegándose plumas a los brazos? A modo de pegamento, en la maleta llevaba un bote de cera para depilar pero…¿cómo hacía para las plumas? ¿Debía lanzarse sin más tardar a una caza de palomas en las pistas asfaltadas de Orly? Y además, ¿podía compararse ella con un tipo que nunca existió, por mucho que fuera el MacGyver de la mitología griega?

No. Estaba más loca de lo que pensaba, pues algo la empujaba a creer que no necesitaría ningún artificio para subir al cielo. Nada de alas de cartón ni de papel maché. Lo que se estaba diciendo era que podía conseguirlo así, con mucha voluntad y simplemente sacudiendo un poco los brazos, como había visto hacer al joven chino de pijama naranja hacía unos minutos.

Volar.

Era un sueño nocturno recurrente en ella. Bastaban unas cuantas brazadas para despegar del suelo y alzar el vuelo. Nadaba en el aire, sobre ciudades y ríos, como un pájaro, libre de su peso. Pero, como su nombre indicaba, ese sueño solo era un sueño. Después se despertaba y la gravedad la tenía clavada a tierra firme el resto del día. Trató de acordarse de si alguno de esos sueños era en color. Porque cuando tenía la edad de Zahera aprendió que lo que se sueña en color un viernes por la noche era un sueño premonitorio y que, por tanto, pasaría en la vida real. De verdad de la buena, como se decía. Sí, eso lo había soñado en color. Pero había soñado tantas cosas en color… Que ganaba la lotería, por ejemplo. Aún estaba esperando que la administración de loterías le enviara un cheque. Era el tiempo de la inocencia. En fin, el tiempo de los polos flash.

Providence era adulta ahora, pero conservaba un lado infantil, una cosa que los adultos llamaban «credulidad», y eso a pesar de los palos que la vida le había dado. Volar. Era una locura creer en una cosa parecida pero, en el fondo, ¿por qué no? ¿Qué le impedía soñar con los ojos abiertos? Soñar no estaba prohibido, era gratis. Además, bien que había visto con sus propios ojos cómo se elevaba ese chino unos centímetros en el aire en medio de la terminal abarrotada.

Sí, era una locura, pero había conseguido cosas mucho más complicadas e imposibles en su vida. Por ejemplo, adoptar a una niña marroquí de siete años enferma de mucoviscidosis siendo una mujer soltera con un solo sueldo, el sueldo de un cartero. O, peor aún, de una cartera.

Así que, ¿por qué no repetir el milagro?

Los jueces franceses apoyaban raras veces este tipo de informes, pero ella dio con un abogado excepcional que luchó por su causa con fuerza. Aprendió entonces que en la vida hay que rodearse de las personas adecuadas para hacer realidad los sueños. Que nada era imposible cuando se deseaba con toda el alma y que el destino ponía a la persona correcta en nuestro camino.

Además, ella anduvo antes que nadie en el mundo, corrió antes que nadie en el mundo, nadó antes que nadie en el mundo. ¿Por qué no iba a ser capaz de volar antes que nadie en el mundo y dejar de nuevo atónitos a sus padres pediatras? Quizá el sexto dedo de su pie derecho tuviera esa función, permitirle volar. Tal vez fuera un pequeño timón. Porque a sus treinta y cinco años y siete meses aún no había encontrado una utilidad razonable a esa curiosa excrecencia. No obstante, todo en esta vida tenía forzosamente una razón de ser. Ella no creía en el azar. Ese dedo de más no le era útil pero la convertía en alguien único en el mundo.

Si el amor daba alas, como siempre se había dicho, ¿acaso ese inmenso amor que profesaba por Zahera no se las daría? Si en el pasado fuimos peces y gatos, como pensaban Leila y Zahera, quizá no fuera tan absurdo pensar que también fuimos pájaros. Si habíamos sido animales de agua y de tierra, ¿no cabía la posibilidad de que hubiéramos conocido igualmente el etéreo aire?

Providence sacudió la cabeza, como si con ese simple gesto pudiera borrar de golpe esas ideas descabelladas que le confundían el cerebro. Sin duda el cansancio estaba jugándole una mala pasada. Una mujer de treinta y cinco años, ni siquiera rubia,* equilibrada y sana, no podía creer posibles semejantes tonterías.

Pero si era verdad y lo dejaba de lado, no se lo perdonaría jamás. Ese día loco era una señal. Ese encuentro con el pirata chino del aire era otra.

Un anhelo de esperanza la invadió. De todas formas, en ese momento no tenía nada que perder. Su vuelo había sido anulado. Nada la retenía allí.

Sonrió. Cualquiera habría creído que había esperado eso desde el comienzo, que su vuelo fuera cancelado y así

* Lejos de mí la idea de adherirme a ese innoble movimiento de mistificación mundial que da a entender que las rubias son menos inteligentes que las morenas. Por cierto, ¿sabe lo que es un QI de 140? 140 rubias… ¡Fin del chiste!

poder demostrar que estaba preparada para cualquier cosa con tal de ir a buscar a su hija. Incluso para lo improbable.

Confiada, entró en la lanzadera, cuyas puertas acababan de abrirse, rezando por que el Maestro Tchin Gha hablara un francés más contemporáneo que el del repartidor de folletos.

E s cierto que todo habría sido muchísimo más sencillo con aviones teledirigidos —concluyó entonces
el peluquero.

—O con nubes teledirigidas —añadí—. Apretando
un simple botón, Providence habría podido hacer desaparecer de su cielo esa horrible bestia negra y los aviones
habrían podido despegar. Por otro lado, al mando de una
nube teledirigida, Zahera habría podido sacar el mal de
su pecho y respirar. Sí, la vida sería mucho más sencilla y
la gente mucho más feliz.

—Nadie lo diría a simple vista, pero incluso en el
mundo de la peluquería las nubes teledirigidas serían de
gran utilidad. Mire, por ejemplo, mis clientes nunca vienen a mi establecimiento cuando llueve porque se les riza
el pelo. Y los pocos que se atreven llegan a casa como si
tuvieran una fregona en la cabeza. No, la verdad es que es
algo que afecta a todo el mundo. Dígame qué agricultor
no estaría la mar de encantado de poder controlar los ele-

mentos de la naturaleza sobre sus tierras. Si uno lo piensa, es una locura la de gente que, en diferentes lugares del mundo, sueña en el mismo momento con nubes teledirigidas…

El fisio llegó un poco más temprano de lo habitual.

Saludó a la pequeña y se sentó en la cama, a su lado. Por primera vez después de dos años vio un atisbo de tristeza en sus ojos, la misma tristeza que la invadía antes de que el destino pusiera a Providence en su camino. El período pre-Providence, como le gustaba llamarlo. Había que reconocer que esa francesa había hecho mucho bien a Zahera. Y a él, desde luego. Cuando venía a ver a la niña, en sus viajes a Marrakech, él pasaba más a menudo por aquella planta. Era una mujer espléndida. Y tan simpática… Lo que más le gustaba era su manera de abrir las puertas del mundo a la niña, todos esos regalos que le traía, ese amor profundo, esa amabilidad. Nunca había visto a nadie recorrer tantos kilómetros para ir a ver a un niño enfermo, una niña que, para más inri, no era suya, solo para darle unas horas de felicidad. Como el día en que la joven llegó con un paquete de estrellas fosforescentes. La astronomía es cosa de chicos, las chicas son más de tener los pies en el suelo, pensó Rachid el fisioterapeuta.

Pero sabía que en Francia se esforzaban por difuminar las diferencias entre los dos sexos, porque era más justo. Y además Providence nunca habría prohibido nada a la pequeña solo por una cuestión de género. Habría sido algo fuera de lugar en una mujer que prefería que le dijeran «cartero» en lugar de «cartera».

Al ver su regalo, Zahera saltó al techo aún desnudo de estrellas.

—Tengo tantas ganas de ir allí arriba… —dijo la pequeña marroquí señalando los trozos de plástico fosforescente que, bajo sus instrucciones precisas, Providence iba pegando, uno a uno, manteniendo el equilibrio sobre un taburete.

—Así será como si ya estuvieras un poco allí, cariño.

—Cogeré el cohete en París. ¡Esa estrella más a la derecha!

—En París no hay cohetes —respondió Providence desplazando la estrella unos centímetros—. Bueno, al menos de momento. Pero eso podría arreglarse si fueras a vivir allí…

Lo había dejado caer como si tal cosa y había observado de reojo la reacción de la niña mientras sus manos temblorosas se aplicaban en pegar el trozo de plástico intentando que no se le notara nada. La cara de Zahera se iluminó como una estrella fosforescente en plena noche.

—¡Oh sí! —gritó—. ¿De verdad de la buena?

—De verdad de la buena —respondió la francesa, aliviada al ver que la pequeña aceptaba su proposición con tanta alegría.

La niña se lanzó a las piernas de la cartera y las abrazó

con fuerza, como un jugador de rugby preparándose para hacer un placaje a un adversario.

—¡Conseguirás que me caiga!

Rachid sonrió. Tenían tanta complicidad… Parecía que estaban hechas para encontrarse. Estas dos se han adoptado, pensó sin saber que la francesa acabaría por dar a esa palabra todo su sentido tomando a Zahera oficialmente bajo su protección.

—¿A qué hora se pone el sol esta noche, señorita astrónoma? —preguntó Providence bajando del taburete.

Zahera consultó un pequeño cuaderno que guardaba como un tesoro bajo la almohada.

—A las 19.37.

—Bien. Dentro de unos minutos verás una cosa que jamás has visto.

Y, al poco, cuando las sombras llegaron a la habitación, las estrellas se pusieron a brillar como por arte de magia. Como si el techo de cemento gris se hubiera fundido cual chocolate al sol y hubiera dejado ver a los ojos de la asombrada niña el bonito cielo estrellado de Marruecos.

Hoy Providence se llevaría a su pequeña y todos se quedarían tristes al verla marchar. Vivía allí desde que nació. Formaba parte de esa familia. Pero al mismo tiempo estarían encantados de verla atravesar la habitación por última vez y pisar el camino de piedras que llevaba a la carretera. Cuando Zahera se volviera antes de entrar en la ambulancia que la llevaría al aeropuerto, todos estarían en la ventana.

Rachid y Leila sabían que en Francia la atenderían los

mejores médicos. Providence se había comprometido a ello. No había tratamiento curativo para la mucoviscidosis, aparte del trasplante pulmonar, pero los progresos habían permitido mejorar la calidad de vida de los pacientes. Y había que reconocer que allí, al otro lado del Mediterráneo, la longevidad de los enfermos era un poco mayor.

Rachid posó la mano en la de Zahera.

—No ha llamado, ¿verdad? —le preguntó.

—No.

—Se ha olvidado de mí. ¡Son las once! ¿Te das cuenta? El avión debería haber llegado esta mañana a Marrakech a las siete y cuarto. ¡Un taxi no tarda cuatro horas en venir del aeropuerto! Incluso una carreta tirada por un burro llegaría más rápido.

No se podía confiar en una mamá teledirigida. Llegaba un momento en que dejaba de funcionar; las pilas se acababan o algo se rompía en el mecanismo, como todos esos juguetes que dejaban deslumbrados a los niños en Navidad y terminaban en la basura antes de Nochevieja. Su mamá no volvería.

La niña intentaba calmar una crisis de nube inminente acariciando un pequeño dromedario de peluche. Esos últimos días daba pena verla. Estaba de una palidez cadavérica. Tan blanca que se la veía azul. A través de su fina piel se transparentaban largas venas parecidas a las de las columnas de mármol corintias. Había vuelto a perder muchos kilos y al mismo tiempo su caja torácica había doblado de volumen. Su pequeño corazón se agotaba. Solo tenía un deseo. Morir o partir a Francia. Incluso se había puesto su camiseta de «*I love Paris*» para la ocasión, su camiseta preferida. Sus dedos apretaron el dromedario.

—No lo creo, Zahera. Seguro que le ha surgido un problema. ¿Cómo te va a olvidar? En Francia hay a menudo huelgas de pilotos o de controladores aéreos. Consideran que no están bien pagados o que no trabajan en buenas condiciones. ¿Qué tendríamos que decir nosotros?

—Los Airbus A320 de Royal Air Maroc deberían ser teledirigidos, como las mamás.

—Pues claro, todas las niñas sueñan con un Airbus A320 teledirigido para Navidad —ironizó Rachid con cariño.

—Salvo que Navidad, para mí, era hoy, en pleno mes de agos…

No pudo terminar la frase. Aquello era demasiado para los frágiles hombros de una niña tan pequeña. Había puesto toda su esperanza en ese día. Y entonces, alimentada por el estrés, la tristeza y la rabia, la nube que la ahogaba lentamente se hinchó de pronto en su pecho, como la leche hirviendo desborda el cazo, y le quemó los pulmones. Una violenta salva de tos la sacudió y manchó las sábanas blancas de mermelada de fresa.

—¡Zahera! —gritó Rachid.

La puso de lado y comenzó a masajearla enérgicamente para que expulsara ese gran trozo de algodón, esos trozos de nube que le obstruían las vías respiratorias. Una tormenta acababa de nacer en lo más profundo de su corazón y devastaba todo a su paso, llenando la habitación de miedo.

Como siempre que ocurría eso, todo el mundo se calló. Los ojos negros se llenaron de temor y tristeza. Habían creído que la perdían tantas veces… Esa niñita era su barómetro de esperanza, su pequeña luz, su fuerza, su llama, y ahora se apagaba como una vela tras un golpe de viento del desierto. Una vida no pesa nada. Tampoco en nuestra Tierra sometida a la gravedad. Vivimos un tiempo, hasta que la enfermedad viene a buscarnos y nos sube con ella hacia ese techo de estrellas.

De plástico fosforescente. *Made in China.*

En la lanzadera sin conductor que llevaba al RER, Providence tomó poco a poco conciencia de lo que estaba viviendo. Porque cuanto más palpables eran sus actos, más chocaba ella con esa realidad disparatada, como una mariposa contra una bombilla. Tenía la impresión de haber sido proyectada a un episodio de *La cuarta dimensión* y que de golpe nada le sería imposible. Acababa de romper las reglas de la física y de la razón, como en un tebeo de Marvel, convencida de que si un ser humano podía realizar la hazaña de volar, tenía que ser ella.

En otras circunstancias su actitud le habría parecido absurda y pronto habría dado media vuelta para reunirse con esos que, como tantos adultos normales y equilibrados, esperaban en el marasmo del gigantesco hormiguero de Orly. Sin embargo, esa mañana todo se había convertido en posible. Estaba de camino a un barrio humilde de París para seguir un curso ultraintensivo de vuelo impartido por un maestro chino. Y eso le parecía lo más natural del mundo.

Si un hombre con trompa de elefante en lugar de nariz hubiera entrado en ese momento y se hubiera sentado delante de ella, no le habría extrañado. De hecho, fue un poco lo que pasó cuando tres estaciones más tarde un hombre con turbante, alto y flaco como un árbol seco, de cara morena y atravesada por un bigote gigantesco, colocó minuciosamente en el asiento de al lado una tabla de madera cuadrada cubierta de clavos en punta y se sentó encima con la misma naturalidad que si se hubiera sentado en una hoja de periódico para no mancharse el pantalón. Abrió un libro con el título en letras azules en un fondo amarillo y comenzó a reírse ruidosamente dejando a la vista dos grandes hileras de dientes blancos y haciendo que sus piercings se menearan en todas direcciones.

Bien, heme aquí sentada al lado de un faquir y rumbo a la consulta de un gran maestro espiritual chino para aprender a volar como un pájaro, pensó Providence. No puede pasarme nada más raro.

Se equivocaba.

Ya está, Providence se hallaba delante del hombre más poderoso del mundo.

El hombre que conocía el secreto de los pájaros.

El hombre que le enseñaría a volar por encima de las nubes.

El Sumo Maestro chino Tchin Gha. El Maestro Sensei (que realmente parecía ser seis dada la proporción de su cuerpo). Un senegalés vestido con una chilaba verde y un gorro agujereado y mugriento del Paris Saint-Germain. Su trono: una silla de camping barata con el respaldo de fibra medio roto. Su cetro: un bolígrafo Bic de cuatro colores.

—¿Qué? —preguntó el hombre, intrigado y al mismo tiempo molesto por la actitud de esa mujer que lo escrutaba sin decir nada desde que había entrado en su despacho.

—Es solo que… no lo imaginaba así.

El hombre rompió a reír. Una risa semejante al muelle chirriante de un somier o a un vigoroso golpe de serrucho.

—¿Está impresionada?

—Se podría decir que sí…

—¡Apostaría a que pensaba que era chino!

—Eso también… —reconoció Providence, enfadada.

—Subcontrato.

—¡Oh, subcontrata! —repitió ella, exasperada.

—Sí, subcontrato la mano de obra. ¿Dónde ha visto el folleto?

—En Orly.

—¡Ah, entonces conoció a Tchang! Ese no es su verdadero nombre, el suyo es impronunciable, así que yo lo llamo Tchang, como el de Tintín. Un tipo genial. Trabaja bien. Aunque hable un poco raro. Aprendió nuestro idioma viendo la versión francesa de *Piratas del Caribe*. Era lo único que tenía a mano. A lo mejor usted ni se ha dado cuenta. Pero bueno, ya es mucho, solo lleva tres semanas en Francia. ¡Imagínese que usted tuviera que aprender chino en tres semanas!

No, Providence no se imaginaba aprendiendo la lengua de Confucio en tan poco tiempo. Y menos aún viendo los éxitos del cine americano. Con *La guerra de las galaxias* como profesor de mandarín, en tres semanas esperaría alcanzar el nivel de Chewbacca. Y ni siquiera… Sí, después de todo Tchang debía de ser un genio. Un genio con un gusto dudoso en el vestir y dado a la mentira. Tenía la desagradable sensación de que la habían timado desde el principio. Tchang le había mentido descaradamente. A menos que llevara los brazos y la cara embadurnados con betún negro, Tchin Gha era un marabú africano.

—Y ese nombre, Tchin Gha… —dijo la cartera exigiendo una explicación.

—¡Chis! No pronuncie mi nombre, desdichada. Los muros tienen oídos, el poder atrae a los crápulas. Ese nombre chino es cuestión de marketing. No se enfade. Entiéndame, hoy día nadie se fía de los brujos africanos. La profesión ha caído en el descrédito por culpa de charlatanes de la peor especie y aún estamos pagando el precio. Respóndame sinceramente: si en la publicidad hubiera leído Profesor M'Bali, ¿habría venido?

—¡Por supuesto que no! —respondió la joven, tajante.

La sensación de que la habían timado alcanzaba niveles himalayescos cada segundo que pasaba.

—¡Lo ve! He conseguido llamar su atención. En estos tiempos todo el mundo confía ciegamente en los chinos. Con esa pinta de no haber roto nunca un plato y esa gran sonrisa… Pero ya verá dentro de unos años…, cuando la moda haya pasado nadie querrá tener nada que ver con ellos. La rueda gira. ¡Y volveremos a los marabús africanos! Acuérdese de lo que le digo. Mientras tanto, aprovecho la coyuntura.

Señaló el diploma que colgaba en la pared detrás de él, en el que el presidente de la República certificaba que el señor M'Bali había aprobado con éxito las pruebas de admisión al rango de Sumo Maestro Tchin Gha de la Humilde Casta de las Mantis Tejedoras.

—Una garantía de calidad y confianza.

Providence suspiró resignada. Imposible luchar.

—¿Sabe? A mí, con tal de que encuentre una solución a mi problema, que sea chino, senegalés o monegasco me trae sin cuidado. Bastante tiempo he perdido en el metro para venir hasta aquí. Tengo prisa, si no le molesta.

El hombre levantó la mano.

—¡Uy, uy, uy, señorita! —exclamó como habría hecho para tranquilizar a una yegua salvaje, algo que nunca había tenido ocasión de hacer—. Primero cálmese un poco, luego me dirá en qué puedo ayudarla.

—Yo…

—¡Chis! Primero, ya mismo, cálmese. Yo voy a aprovechar para comer, es la hora.

El brujo sacó de una fiambrera que tenía a sus pies un sándwich envuelto en celofán y un yogur de frambuesa de Lidl. El hombre más poderoso del mundo comía sándwiches de estación de tren y yogures de oferta.

Providence respiró profundamente. Una pequeña pausa no le vendría mal. Desconectar la máquina unos segundos. Decidió encomendarse al seguidor del PSG que tenía delante. Además, su voz y su expresión tenían algo de reconfortante. ¡Qué bien sentaba dejarse llevar por una vez! No pensar en nada. Ser un simple ejecutor. Se sumergió en la contemplación silenciosa de sus uñas, cuyo esmalte se descascarillaba.

—Bien —dijo él cuando terminó de limpiarse la boca con un trozo de papel unos minutos más tarde—, la escucho.

—Bueno, quiero algo imposible.

—Es una mujer, es normal.

Providence prefirió obviar ese comentario machista y se prometió permanecer zen durante toda la entrevista.

—Quiero aprender a volar.

—Hay escuelas para eso.

—No me refiero a aprender a pilotar un avión. Quiero volar así.

Hizo grandes movimientos con los brazos, como si estuviera aireándose las axilas.

—¿Quiere aprender a volar haciendo grandes movimientos con los brazos, como si estuviera aireándose las axilas?

—Eso es —dijo Providence.

—No hay problema.

—¿Ah, no? ¿Mi petición no le sorprende?

—Un pájaro nacido en jaula piensa que volar es una enfermedad.

—No entiendo qué tiene que ver.

—Nada. Me gusta sacar citas, por placer. Esta es de Alejandro Jodorowsky.

—Vale. Así que… En cuanto a mi petición…

—Podemos comenzar ya mismo la semana que viene.

—¿Ya mismo o la semana que viene?

—La semana que viene.

—Le agradecería que no dijera «ya mismo» cuando en realidad quiere decir «la semana que viene». ¡Es molesto y engañoso! Eche un vistazo a eso de ahí y dígame si no se puede hacer «ya mismo».

El hombre consultó la agenda de cuero que señalaba su clienta y en la que todas las páginas estaban en blanco hasta el año 2043.

—Estoy muy ocupado en este momento —dijo para sorpresa de Providence.

—¡Su agenda está vacía!

—Vacío y lleno son nociones relativas y subjetivas.

—No puedo esperar tanto —dijo la cartera poniendo su cara de desconcierto número 4, la de la última oportunidad.

—Entonces podemos empezar el viernes. Y luego vendrá todos los viernes. ¿Mejor?

—A decir verdad, pensaba que podría enseñarme a volar en una hora, en una sola clase. En este momento. Ya mismo, como dice usted.

—Eso va a ser complicado.

—¿Sabe por qué siempre hace buen tiempo en Marruecos?

—No.

—Porque una niña pequeña se ha comido todas las nubes. Hasta ponerse mala.

En dos minutos y treinta frases, la joven puso al africano al día. El tiempo que se agotaba, Zahera, la nube que se había tragado, la mermelada de fresa, esa horrible enfermedad, su promesa.

—Aprender a volar en una hora —repitió el hombre con aire pensativo cuando ella terminó su relato.

—Por favor.

—Veré qué puedo hacer, pero borre esa expresión de desconcierto número 4 de su cara. Esas cosas no funcionan conmigo. Soy brujo. Bien, voy a ayudarla. Subcontrataré este asunto.

—¡Qué manía tiene!

—Así va el mundo…

—Entonces, ¿voy a aprender a volar?

—Acabo de decírselo.

La joven lo miró estupefacta. Debía de haber trampa en algún sitio. Todo parecía demasiado bonito, demasiado fácil.

—Solo una pequeña curiosidad. Si usted es capaz de enseñar a la gente a volar, ¿por qué no se ve a más gente volando por el cielo?

—Porque no todo el mundo tiene la capacidad. De hecho, pocos humanos pueden pretender volar. De hecho, casi ninguno. Incluso ninguno.

—¿Ninguno?

—Bueno, conozco a uno —dijo después de haber dudado tres segundos.

—¿Quiere decir que solo ha enseñado a volar a una persona?

—Para ser más preciso, digamos que he enseñado a volar a un montón de pacientes —a Providence le gustó el término—, pero solo tuve éxito con uno.

Hubo un poco de decepción y de nostalgia en su voz.

—O sea que Tchang es el único hombre en el mundo que sabe volar —concluyó la joven.

—¿Tchang? Tchang no sabe volar —corrigió el hombre, intrigado.

—Lo vi en el aeropuerto como le veo a usted ahora. Flotó por encima del suelo.

—¡Ah, eso! Sí, efectivamente, Tchang levita. Pero no vuela. ¿Sabe?, hay una gran diferencia entre elevarse unos milímetros y nadar entre las nubes.

—¡Perdone mi ignorancia! ¡Hasta hace unos segundos creía que la gravedad condenaba al hombre a quedarse clavado en el suelo, pero acabo de aprender que unos levitan y otros vuelan!

—Antes de aprender las cosas, las ignorábamos.

—¡Bonita perogrullada! ¿Y qué es de su alumno? Si no es indiscreción.

—¿Oscar? Fue limpiador de cristales del rascacielos más alto del mundo, en Dubái, hasta que… se estrelló.

Un escalofrío recorrió el cuerpo de Providence.

—Lo siento. En fin, lo que me extraña es que después de aprender a volar como un pájaro su única ambición fuera limpiar cristales.

—Es un poco dura con él. Cada uno se apaña con los poderes que tiene. Y además hay que mantener los poderes en secreto, en la medida de lo posible. Míreme, soy el hombre más poderoso del mundo y hago cuanto puedo para que no se note…

—¡Y le sale de maravilla!

—Gracias. A estas horas podría estar dando sorbitos a un cubalibre en mi yate en las Seychelles, con los dedos del pie en abanico. Sin embargo, he elegido consagrar mi vida a los otros, a resolver sus problemas. —La joven oyó a Tchang gritar «probleeeeeemas» con su conjunto fluorescente—. Intento enseñar a los demás a sacar lo mejor de ellos mismos. Por eso estoy en Barbès, en un pequeño apartamento roñoso, sin aire acondicionado, buscando una solución al problema que la corroe. Porque no podré dormir hasta que no la vea feliz…

—¡Si todos los hombres fueran como usted…!

—No hay que alardear del propio poder sino utilizarlo para una causa noble. Es un medio, no un fin. Ahora bien, para mí, limpiar cristales en Dubái es algo noble. Oscar era un buen chico.

El hombre se recogió unos segundos. Se quitó el gorro del PSG y se secó la frente. Providence se preguntó por qué tantos africanos llevaban gorro de lana en verano. Y más aún en un apartamento sin ventilación. Un verdadero horno. Ella se hubiera quitado la camiseta y el pantalón y se hubiera sumergido en una bañera llena de cubitos de hielo.

—Volar como un pájaro —prosiguió el marabú, de nuevo entre los vivos—. El sueño del hombre desde que es hombre. Somos animales casi completos. Caminamos, corremos, nadamos, escalamos, tenemos casi todas las competencias de los otros animales. Solo nos falta la capacidad de volar por nosotros mismos. Pero nuestros huesos pesan mucho y no tenemos alas. Solemos apegarnos demasiado a cosas terrenales como para poder liberarnos de esas cadenas que nos retienen en el suelo y despegar de una vez por todas. El hombre ha conseguido cosas maravillosas. Habla, ríe, construye imperios, se adapta a todos los medios, cree en Dios, rueda películas porno gays, juega al Scrabble y come con palillos. ¿Qué animal, incluso el más inteligente, puede presumir de hacer tantas cosas? El hombre también vuela por las nubes. Hace trampa, cierto, pero vuela. En aviones, globos aerostáticos, dirigibles. Pero no vuela por sí solo. Y puede que esa sea la única cosa que le falta, lo único que no sabe hacer. Así que, no está contento. Está frustrado. Patalea como un niño al que se le niega un juguete. Su historia es un poco como esos chistes que los muchachos cuentan en el patio del colegio: «Esto era un inglés, un español, un alemán y un francés que…». Pues bien, esto era una francesa, un senegalés y una marroquí…

—No es por interrumpirle, pero ¿podríamos empezar con la lección? —le cortó la joven.

El hombre sonrió.

—Ya la ha empezado.

—¿Disculpe?

—«La lección, ya la ha empezado.» No, nada, es una frase de una película. *Karate Kid*, creo. Bueno, la lección, ya la ha empezado. En unos minutos hemos avanzado más de lo que cree. He visto realmente quién es. Nadie puede aprender a pilotar un avión de caza si no sabe empujar una carretilla.

A veces, los ejemplos del hombre parecían mensajes codificados. ¿Habría sido espía durante la guerra? ¿Qué guerra, de hecho?

—¿Podría ser más claro? No le sigo en absoluto.

—Lo único que pretendo decir es que usted ya tiene todo para poder volar. Solo le falta una cosa. Necesita aprender a canalizar su energía, a concentrar su fuerza en un único objetivo: volar. No se disperse y no gaste en vano ese fluido valioso que corre por sus venas. Se ve que es una mujer intensa, que vive la vida a mil por hora. Pero a veces es preciso tomarse tiempo para ganar más tiempo… Por lo demás, usted tiene todo lo que hace falta. Como diría mi repartidor de folletos chino, Bruce Pli: «Usted volal al séptimo cielo solo si tiene muchos olgasmos».

—¿Orgasmos? —repitió la joven, que no se atrevió a

preguntar con qué tipo de películas había aprendido el nuevo la lengua de Molière.

—Por mi parte, ya le he enseñado todo lo que podía enseñarle —contestó el hombre ignorando la pregunta—. El resto lo verá en el monasterio.

Providence se sobresaltó.

—¿En el monasterio?

Impasible, el Maestro Tchin Gha abrió el cajón de su mesa y sacó un bloc de hojas blancas con membrete.

—Sí, quería aprender a volar en una hora, ¿no?

—Pues… sí.

—Bien, entonces voy a recetarle una formación ultraintensiva de meditación en un templo tibetano homologado. Deles esto de mi parte.

Garabateó dos o tres palabras con la tinta azul de su bolígrafo Bic de cuatro colores y firmó. Providence no podía creerlo. El hombre acababa de escribir una receta. El marabú chino-africano de Barbès se creía médico.

—¡Está usted enfermo! —exclamó cuando entendió que quería enviarla a un templo tibetano—. ¡Quiere que vaya a meditar a China! ¡Preferiría que me mandase directamente a Marrakech!

Se levantó como un rayo y buscó en su bolsillo un billete de diez euros para tirárselo a la cara.

Era cuanto merecía por haberle hecho perder su precioso tiempo y haber exagerado las cosas. ¡Y suerte tenía de que no llamara a la policía!

—¡Vive a costa de la gente y les da falsas esperanzas! No es más que un…

—Un… ¿qué?

—¡Un charlatán africano… que encima se las da de charlatán chino!

—Tiene mucho que aprender en cuestión de paciencia y de calma. Dudo que esa formación ultraintensiva sea de utilidad para usted, señorita pulga saltarina. Pero, si le interesa, veo que tiene una capacidad extrasensorial potente. Será la segunda persona que habré conseguido que vuele y la única hoy, puesto que Oscar ya no está en este mundo. Siento ese poder en usted. Lo que pasa es que nunca ha intentado volar, eso es todo.

—¿Otra vez una frase de película de kung-fu de serie B?

—No, esto es mío.

—Si he entendido bien, ¡quiere mandarme a un templo tibetano en China!

—¿Quién ha hablado de un templo tibetano en China? De hecho, el Tíbet ya no está en China. O nunca lo ha estado. Ya no sé, no comprendo nada de estos cuentos chinos.

—¡China, Japón, qué más da! ¡Acabo de decirle que hoy no despega ningún avión!

—No hay problema, irá al templo en RER.

—¡Pues claro! —exclamó teatralmente Providence dándose un golpecito con la mano en la frente—. ¡Qué idiota! ¡No hay problema, iré en RER! Dígame, ¿habla en serio? ¿Quiere que vaya a China en RER?

—Acabo de decirle que el templo no está en China.

—No, usted me ha dicho que el Tíbet no está en China.

—No, al principio le dije: ¿quién ha hablado de un templo tibetano en China?

—¡Vale, basta! Solo le digo que no pienso ir a China.

—¿Y Versalles está en China?

—¿Y su cerebro sigue en su cabeza? No veo de qué está hablando —respondió Providence, que estaba más quemada que el cenicero de un bingo.

—Lo que digo es que usted irá a Versalles.

—¿Cuándo?

—Una vez que termine esta conversación.

—¿Y qué haré en Versalles?

—Irá al templo de Versalles.

—Querrá decir al palacio de Versalles.

—Estaría bien que escuchara un poco… No, hablo del templo tibetano de la Humilde Casta de las Mantis Tejedoras. Está en Versalles.

—¡Ah! ¿Los que tejen? ¡Cómo no lo ha dicho antes! —exclamó, irónica, la cartera.

—Lo he intentado. Antes de las tres de la tarde, si escucha bien todo lo que se le dice, cosa que dudo, volará como un pájaro. Y esta noche, tal y como ha prometido, podrá abrazar a su niña.

Atónita, la joven cogió el papel que le tendía el marabú. Había escrito una dirección y una estación de RER.

—Son veintitrés euros. No acepto tarjetas de crédito.

—¿Veintitrés euros? Es la tarifa de la consulta de un médico —dijo Providence sin dejar de mirar el papel.

¿Un templo tibetano en Versalles?

No salía de su asombro.

—Y además, está reembolsado por la Seguridad Social —añadió el falso chino.

Cuando Providence se sentó en el metro que la llevaría al destino más exótico y más loco de su vida, pensó en las palabras del Maestro Tchin Gha: «Su historia es un poco como esos chistes: "Esto era una francesa, un senegalés y una marroquí…"».

Llevaba razón, su historia empezaba como un chiste, pero de chiste no tenía nada. Porque Zahera se moría.

SEGUNDA PARTE

Cuando no rezan,
los monjes tibetanos escuchan a Julio Iglesias

Situación: templo tibetano, Versalles (Francia)
Corazón-O-metro®: 2.087 kilómetros

En 1997, una decena de monjes de la Humilde Casta de las Mantis Tejedoras fueron expulsados del Tíbet después de que los sorprendieran planeando abrir una fábrica de Ferrari en su templo. Inspirados por un best seller de la época, *El monje que vendió su Ferrari*, habían decidido hacer lo contrario que el protagonista del libro y lanzarse a la industria automovilística a gran escala. El titular «Los monjes que quisieron comprar Ferrari» había encabezado los periódicos locales. Fue así como, repudiados por su alteza espiritual, aterrizaron en Francia, en la región parisina, con la firme intención de introducirse en el comercio. Movidos por la tradición monacal a la francesa, abandonaron pronto la idea de fabricar coches deportivos de lujo de color rojo y se adentraron en la confección de trajes de queso, una nueva tendencia en la moda parisina.

El pequeño templo budista de Versalles se convirtió

en unos años en una de las empresas florecientes de la región. Pero en los últimos tiempos la crisis había afectado al sector, y eso aun teniendo el monopolio. El único contrato de ese año era un pedido de chándales tejidos con roquefort para el equipo olímpico francés de lanzamiento de huesos de cerezas (disciplina inventada por el Comité Olímpico Nacional tras una superproducción mundial de guindas en 2013). El excedente (de chándales, no de cerezas) se envió a Fidel Castro, el hombre que erigió el chándal de licra como modelo de buen gusto y elegancia.

Cuando el RER la dejó en su parada, Providence se dio cuenta de que había tantas cosas en común entre Orly y ese templo tibetano como entre un hormiguero y un cementerio. La paz la invadió de golpe. Acababa de entrar en una burbuja de tranquilidad. El tiempo parecía haberse detenido en esa parte del mundo.

Aunque habían elegido su domicilio en la ciudad regia, el templo de la Humilde Casta de las Mantis Tejedoras se acercaba bastante más al standing de un puesto de patatas fritas que al del palacio de Versalles. A juzgar por el edificio y el gran rótulo de hierro forjado que presidía con orgullo la entrada, el lugar de culto tibetano ocupaba una antigua fábrica Renault vieja y mugrienta. En un cartel de plástico más moderno habían pintado, encima del famoso rombo negro de la marca, una bonita cabeza de mantis religiosa, verde como una hoja de menta. Nada que ver con el prestigio del Rey Sol y el lujo de los jardines de André Le Nôtre.

Providence avanzó hacia una pequeña puerta de madera y llamó una vez con la aldaba dorada en forma de cabeza de mantis.

Tenía ganas de llegar hasta el final de esa extraña aventura. Ahora que estaba allí, habría sido una idiotez dar media vuelta y no ver qué escondían esos misteriosos muros de ladrillo.

Un hombrecillo de unos sesenta años, con la cabeza rapada y vestido con una amplia toga naranja, le abrió y se presentó como el padre superior, una especie de Papá Pitufo de la comunidad pero sin gorro rojo y sin barba. Advertido de la llegada de Providence por el senegalés de gorro agujereado, no le extrañó ver a esa joven guapa en el umbral de su puerta esa bonita tarde de verano.

Con un movimiento seco del brazo, que por un instante dejó flotando su manga como una bandera naranja (modelo «Atención, precaución en el agua»), la invitó a entrar.

Atravesaron un patio interior en el que, en una esquina, pequeños monjes jugaban a la petanca con lo que parecían tomates verdes. Luego penetraron en una nave cubierta de hiedra. En el pasillo de entrada los esperaban dos réplicas perfectas del padre superior, pero más jóvenes, a los que este presentó con una gran sonrisa. Parecían gemelos. Trillizos, contando a Papá Pitufo. También eran bajitos, llevaban la cabeza rapada y se cubrían con una gran toga naranja. Qué afición por la exuberancia… y las banderas de «precaución en el agua».

A su lado, la palabra «superior» del título padre superior cobraba todo su sentido, pues, aunque no era grande, este sacaba dos cabezas a sus hermanos. Por un instante,

Providence tuvo la sensación de estar rodeada de niños en el patio del colegio a los que les habían rapado la cabeza tras una plaga de piojos.

El nombre de esos dos monjes, o el apellido, no estaba segura, era tan impronunciable que Providence, de mutuo acuerdo con ella misma, optó por bautizarlos Ping y Pong, en homenaje a su cráneo en forma de pelota. Los saludó primero a uno y luego al otro inclinando la cabeza.

—El Maestro Supremo —retomó el monje— me ha avisado de su visita por tele…

—¿… patía? —completó la joven.

—… fono —corrigió el sabio, intrigado—. Por teléfono. Estoy al tanto de que su hija se tragó una nube tan grande como la torre Eiffel. Sé que usted no tiene mucho tiempo.

Providence asintió con la cabeza. Por fin una persona sensata.

—Así que vamos a tomarlo —continuó el monje.

—¿El qué?

—El tiempo.

—¡Ah! —respondió la cartera aun sin entender del todo la paradoja.

—Le voy a contar una historia. El almirante Oswaldo Conrueda era un gran explorador. Un Cousteau a la antigua. Heredero de una gran familia, no estaba obligado a trabajar y pasaba el tiempo viajando. Cogía el globo terráqueo, lo hacía girar y le bastaba posar el dedo en él para decidir su próximo destino. Egipto, Jordania, Seychelles, Polinesia, Canadá, Islandia. Lo había explorado

todo. El calor, el frío, la tierra, el mar, lo alto, lo bajo.
Todo. Así que un día nuestro Oswaldo hizo girar el globo y su dedo se posó en una minúscula isla perdida en el océano Pacífico, entre las islas Galápagos e Isla de Pascua.
Era la regla, allí donde cayera su dedo debían ir sus pies.
Siguiendo su instinto, el aventurero organizó una expedición. Rastreó la zona, primero en barco, después en una pequeña avioneta. Ninguna isla a la vista. Insistió y fletó submarinos con radares. Nada. No había manera de encontrar la isla. Pero Oswaldo no era de los que se rinden.
Era cabezota. Su equipo decidió dejar el proyecto. Pero nadie consiguió que él desistiera. Escapando de la vigilancia de sus hombres, una buena mañana desapareció en un bote. Sondeó el mar y estuvo a punto de morir en dos ocasiones. Primero ahogado, luego devorado por un tiburón. Hay que variar. El sol era sofocante en esas latitudes y las reservas de comida y agua dulce se agotaban rápido. Al cabo de unas semanas, una embarcación comercial que pasaba por allí lo encontró en el bote, al borde del agua y de la locura. Y ¡zas! Sus piernas perdieron la fuerza para soportar esa locura y terminó en silla de ruedas. Su apellido, Conrueda, cobró sentido… Un maldito virus que había atrapado durante la expedición.
En fin, un mes después, abrió la puerta de su pequeño apartamento parisino y rodó hacia el globo terráqueo con los ojos llenos de incomprensión. Se acercó a la esfera azul y amarilla, decidido a lanzarle un mal de ojo, una maldición, insultarla, decidido a tirarla por la ventana y romperla en mil pedazos. Apoyó la nariz en la pequeña isla que no existía y que, no obstante, estaba allí, repre-

sentada por un pequeño punto negro sobre la superficie azul de plástico. Pasó el dedo por encima. La isla se quedó pegada a la yema de su índice.

El monje levantó el dedo y dijo en tono solemne:

—El almirante Oswaldo Conrueda, gran explorador, acababa de darse cuenta de que la isla por la que había perdido la cabeza y las piernas no era más que un vulgar mosquito aplastado. Un hombre que había confundido un mosquito con una isla…

Providence no veía adónde quería llegar.

—No veo adónde quiere llegar.

—Todo esto es para decirle que en la vida nunca hay que precipitarse. A veces hay que saber tomarse tiempo para ganar más tiempo… Bienvenida al templo donde el tiempo se detiene.

El monje hizo un gran gesto para indicarle el insólito lugar donde se encontraban. El pasillo que enfilaron parecía el pasillo de un restaurante asiático.

Efectivamente, allí el tiempo parecía haberse detenido en los años cincuenta. Un montón de lámparas de papel y otros amuletos de plástico rojo colgaban de las ventanas. Un acuario reposaba sobre una mesa pequeña y colgado en la pared había un cuadro luminoso que representaba una cascada, torcido, tan torcido que semejaba que el salto de agua desafiaba la gravedad derramándose horizontalmente.

El monje, la cartera, Ping y Pong avanzaron, se cruzaron con un gato de metal dorado que movía la pata arriba y abajo como si quisiera atraparlos y desembocaron en un gran salón cubierto de tatamis. Parecía un gran dojo o una gran sala de zumba. Eso recordó a Providence que debía renovar su abono al gimnasio.

Habían tenido que hacer algunos arreglos para transformar esa antigua fábrica Renault en un templo budista, sobre todo en las zonas de ensamblaje, donde una horda de monstruos de hierro agonizaba. Pero con el karma nada era imposible. Las máquinas se convirtieron en feroces sacos de boxeo con los que los monjes ejercían sus artes marciales y el almacén en un campo de entrenamiento gigante a lo *Humor amarillo*, donde los concursantes deben recorrer un circuito lleno de obstáculos y plataformas resbaladizas.

—Espere aquí; su instructor está al llegar.

El primer monje, seguido de Ping y Pong, desapareció de puntillas por una puerta oculta.

Una vez sola, a Providence la asaltaron las dudas. Se preguntó si todo eso iba en serio. ¿En qué lío se había metido? Miró su reloj. Eran las dos de la tarde. Ya había perdido la mañana e iba camino de perder el resto del día en esa búsqueda de lo absurdo. ¿No estaba ella también confundiendo un mosquito con una isla?

Pero a saber.

Al final, podía resultar que la isla fuera una isla. Sí, sería bonito si lo consiguiera. Si cumpliera ese sueño. Sería una bonita historia. La historia de una madre que aprendió a volar como un pájaro para ir a buscar a su hija enferma al otro lado del Mediterráneo… o que había sido timada por la red criminal chino-senegalesa de Versalles…

Recobró la esperanza. Tenía que haber una razón para que ese día le ocurrieran tantas cosas. El día no podía terminar con un fracaso. Era imposible. Miró a su alrededor. Las bonitas inscripciones chinas pintadas con tinta negra en grandes carteles, los biombos de madera tallada, las temibles lanzas de hierro forjado apoyadas contra la pared. Y el perfume de arroz con limón que invadía la sala y que le recordaba que no había comido desde por la mañana temprano. Si realmente había alguien en la Tierra capaz de enseñarle a volar lo encontraría allí. Estaba convencida de que los monjes tibetanos, a los que confundía con los monjes Shaolin, eran los únicos que levitaban de verdad. En la cadena de televisión Arte, había visto un reportaje sobre ese extraño fenómeno. A base de meditación, conseguían controlar el cuerpo y se liberaban incluso de las leyes de la física. El cuerpo estaba sujeto al espíritu. Había visto demostraciones extraordinarias. Los había visto dormir en equilibrio sobre la cabeza o sobre el meñique. Los había visto recibir patadas en los testículos sin rechistar. Los había visto caminar descalzos sobre las brasas incandescentes y romper palos de escoba con un simple codazo. Y todo sin esfuerzo, sin que en su cara se reflejara nada. Si podían hacer todo eso, no cabía duda de que también podían agitar los brazos y volar. Tchang lo había hecho delante de ella.

Desde que había entrado en el dojo, había percibido el rumor lejano de una canción pegadiza. O su oído se había acostumbrado al silencio o habían subido ligeramente el volumen, no habría sabido decirlo, pero la música se oía cada vez más clara. No, no podía ser. Seguro que se equivocaba. El hambre estaba jugándole una mala pasada.

Una melodía de violines, apenas perceptible pero que parecía confundirse con «Pobre diablo» de Julio Iglesias, sonaba en una habitación remota del monasterio. Aguzando el oído, Providence pudo distinguir el tono suave de la voz del cantante español. Pero algo no encajaba. Más que cantar, parecía maullar. De manera entrecortada. Como un gato gordo al que hubieran pillado la cola con la puerta de unos grandes almacenes parisinos un día de rebajas.

La joven comprendió pronto que Julio no maullaba sino que cantaba en chino. El estribillo se lo confirmó. Se trataba de «Pobre diablo». No había duda.

¡Increíble!, pensó Providence. ¿Los monjes tibetanos escuchaban a Julio Iglesias? ¿La filosofía de esos individuos no era precisamente vivir al margen de la modernidad o de nuestra sociedad? Como la comunidad amish en la que cayó Harrison Ford en *Único testigo*. Intentó convencerse de que estaba equivocada, pero ¿desde cuándo el hambre provocaba alucinaciones auditivas?

Un singular chapoteo de pies mojados caminando sobre un tatami la sacó de su estupor. Se giró y vio a un pequeño monje de constitución atlética acercarse a ella. No se parecía en nada a los que había visto hasta entonces. Llevaba un quimono negro, tenía el pelo corto y pelirrojo y barba del mismo color. El monje instructor se parecía a Chuck Norris en versión asiática.

Bajo la barba pelirroja se adivinaba una cara angulosa. Se diría que había sido tallada en un único bloque de granito. Ninguna expresión deformaba sus ojos ni su boca.

—Soy el Maestro Choo Noori. Pero puede llamarme Choo Noori.

¿Choo Noori? Providence pensó que era una broma, pero el hombre no tenía pinta de querer bromear. Prefirió no decir nada, pues habría bastado un pequeño coscorrón de Choo para dar tres veces la vuelta a sus braguitas de encaje sin tocar los bordes.

—Puede que esto le parezca evidente, pero para volar —añadió él sin ningún tipo de introducción— hace falta ser lo más ligero posible. Es necesario que se libere de todo peso superfluo.

Durante un instante Providence creyó que el Texas Ranger chino iba a saltarle encima para quitarle la grasa de las caderas a golpes de kárate. Pero el hombre no se movió ni un pelo. Sus cincuenta kilos y sus pequeños pechos aerodinámicos debían de parecerle bastante razonables. Como al 99 % de los hombres sobre la Tierra. Una buena cosa.

—Ya que hablamos de esto, ¿sería posible comer algo? Me muero de hambre. No he comido nada desde las cuatro y media de la mañana y dudo que pueda concentrarme con el estómago vacío.

—¡Empezamos bien! ¡Le hablo de desprenderse de todo peso superfluo y usted me habla de comer!

—No se preocupe, no cojo kilos fácilmente.

El hombre gruñó y desapareció por la misma puerta oculta que habían tomado sus colegas unos minutos antes. Al instante reapareció con un plato de arroz humeante y unas albóndigas de carne. O ese monje era el mejor mago de todos los tiempos o la puerta daba justo a la cocina.

—Bien, mientras come le enunciaré los preceptos básicos. Deberá seguirlos al pie de la letra.

—Nada más fácil para una cartera —bromeó Providence ante la mirada interrogante del monje.

—Precepto número 1: lo mejor es despegar desde Australia.

—¿Aufftralia? —repitió la joven con la boca llena de arroz con limón.

El monje le explicó que la gravedad terrestre variaba en los distintos lugares del globo y que, por tanto, uno pesaba más o menos dependiendo de dónde se hallaba. En Australia éramos más ligeros. En fin, aquel era el resultado de un insólito experimento de tres doctores en física estadounidenses que se aventuraron a dar la vuelta al mundo con su enano de jardín, un poco como en *Amélie* de Jean-Pierre Jeunet, y se dieron cuenta de que, a lo largo de su periplo, este marcaba pesos sensiblemente diferentes en la misma báscula portátil: 308,66 gramos en Londres, 308,54 gramos en París, 308,23 gramos en San Francisco, 307,80 gramos en Sídney y 309,82 gramos en el Polo Sur. Así que en Australia se perdía casi un gramo.

—Si he entendido bien, usted quiere despegar desde París —continuó.

—Fí. Impoffible ir a Ffidney.

—Vale. Olvidemos entonces el precepto número 1. Precepto número 2: cortarse el pelo. Se ganan algunos gramos. El hermano Yin Yang estará encantado de raparla.

—¿Raparme? —exclamó Providence, horrorizada, escupiendo algunos perdigones de albóndigas al quimono del sabio—. Si pudiera perder unos gramos en otra coffa me vendría mejor. No me importaría un pequeño cambio de look a lo Audrey Hepburn, pero ¡ni hablar de raparme como a una oveja o como a Britney Fpears! Podríamos empeffar por las piernas, el pubiff y las affilas...

Exasperado por las quejas y las maneras de su aprendiz, el monje le ordenó que se callara con un chasquido de dedos, como si acabara de aplastar a una mosca en pleno vuelo.

—¡Basta de quejas! Y más con la boca llena. ¡Me ha dejado el quimono lleno de perdigones! Esto me hace pensar en el precepto número 3: quitarse la ropa.

—¿Quiere decir desnuda?

—Con un biquini valdría.

—Una suerte que estemos en verano. En todo caso, eso me gusta. ¿Me dan el biquini aquí? ¿Puedo elegir? ¿Puedo probármelo? ¿Es también el hermano Yin Yang el que se encarga?

—El bañador tendrá que comprarlo usted. A menos que le atraiga una braguita de gorgonzola...

Por primera vez un pequeño rictus deformó el bloque de granito que el monje tenía por cara. Ese gran montón de piedra hasta tenía sentido del humor. El negocio no iba muy bien en ese momento para el monasterio, así que si de paso podía vender alguna prenda de queso, no iba a dejar escapar la oportunidad.

—Ni hablar. Tengo el olfato demasiado desarrollado para ponerme ese tipo de vestimenta.

—Bien. Precepto número 4: meditación, meditación, meditación. Amor y voluntad. Mucho amor y voluntad.

Sé que la filosofía asiática nos enseña que lo más importante no es el fin sino el medio. Que lo más bello no es alcanzar la cima de la montaña sino el viaje que nos lleva a ella, blablablá. ¡Olvídese de esas patochadas! Para volar va a tener que concentrarse en el resultado. Solo tendrá que pensar en volar, volar, volar y solo volar. Como ese hombre que no tenía suficiente dinero para comprar un jarrón a su mujer y se empeñó en ganar el Tour de Francia para recibir el que daban al ganador. Mientras pedaleaba solo pensaba en el jarrón que regalaría a su esposa. Y ganó el Tour de Francia.

La joven cartera no conocía esa historia. No supo si era cierta o si el hombre se la había inventado para apoyar su discurso, pero, fuera como fuese, era bastante acertada. Sin embargo, a ella el trofeo de la vuelta ciclista siempre le había parecido bastante cutre.

—Con respecto al amor y a la voluntad, imagino que ya tiene todo lo que se puede tener. Así que insistiremos en la meditación. Es usted una mujer muy dispersa. Aprenderá a canalizar su energía hacia un solo y único objetivo. Un objetivo positivo. Pero nada con lo que tenga un lazo afectivo. Acuérdese, piense solo en el objetivo. El jarrón del Tour de Francia.

Providence se dijo que sería difícil concentrarse en algo tan hortera. Decidió entonces que se motivaría pensando en otra cosa. Y como no podía pensar en su hija, con la que mantenía un fuerte lazo afectivo, optó por el trasero en forma de sandía de Ricardo, su profesor de zumba.

Un equipo sanitario acudió al lado de Zahera y la llevó de urgencia a la sala de cuidados intensivos. La pequeña había perdido el conocimiento. Dejó que la nube la envolviera por entero. Ligada a la vida por un montón de tubos de plástico, esperaba, inmóvil, sin siquiera apretar los puños, como una princesa dormida por un maligno hechizo, a que un médico acudiera a salvarla.

En medio de tanta agitación había perdido su zapatilla de cristal, y si alguien hubiera echado un vistazo a sus pies, habría visto tiritar discretamente el sexto dedo de su pie izquierdo como un pequeño gusano.

Tras una hora de meditación, durante la que tuvo que entrelazar los brazos y las piernas como en una partida de Twister, Providence por fin respiró.

—Puede estirarse durante dos minutos, el tiempo para que yo prepare el último taller.

Una pausa bienvenida. Nunca habría pensado que una sesión de meditación pudiera ser tan agotadora. Tendría que reconsiderar sus cursos de zumba en vista de esa nueva disciplina.

Choo Noori encendió un gran televisor conectado a una Wii y cargó un juego en el que el personaje principal era un pollo al que había que hacer volar y posarse en dianas para acumular puntos. Antes de que pasaran los dos minutos de reposo, el monje ordenó a Providence que se pusiera delante de la pantalla, con los brazos en el aire.

La joven no podía creerlo. ¡Los monjes perfeccionaban su entrenamiento con videojuegos! Se proclamaban como una garantía de los valores tradicionales, budistas, monacales, y un segundo después se sacaban una Wii de la manga. Recordó su viaje a Kenia, cuando el jefe de la tribu masái local empezó a vibrar frenéticamente mientras le explicaba, en la oscuridad de su choza construida con excrementos de cabra, que él y su pueblo se alimentaban de sangre de ñu. Primero Providence pensó que estaba en trance, como había visto en los documentales de la tele sobre los brujos africanos, hasta que él metió la mano bajo su toga roja y sacó, con total naturalidad, como si fuese la cosa más normal del mundo en ese pueblo situado a cuatro horas de carretera de cualquier forma de civilización, un iPhone 4 nuevecito para contestar a una «llamada importante». En ese momento, se sintió timada y lamentó haber pagado cuarenta dólares para visitar a salvajes perdidos en la sabana keniata que vivían con más comodidades que ella. Furiosa, pidió el reembolso del precio de la entrada cuando el africano, que no parecía indiferente al encanto de la joven europea, tuvo la audacia de hacerse un selfie con ella para colgarlo ipso facto en su muro de Facebook. Era el mundo al revés. Pronto serían los turistas masáis los que se presentarían en el salón de su piso parisino de cuarenta metros cuadrados para que les enseñara los usos y costumbres franceses.

—Uno ha de vivir en su tiempo —dijo el monje tibetano como si hubiera leído los pensamientos de Providence—. Y además, no hemos encontrado nada mejor para trabajar la coordinación de los brazos y el cuerpo. ¡Los tipos que han diseñado este juego son genios!

¿Cómo se puede considerar genios a los que han inventado un juego de un pollo descongelado batiendo las alas?, se preguntó la cartera.

Pero antes de que pudiera esbozar el mínimo comienzo de respuesta, el monje verdugo le gritó para que agitara las alas de su pollo. ¡Más rápido! ¡Más rápido! ¡AÚN MÁS RÁPIDO! ¡AÚN MÁS ALTO! Parecía un entrenador ruso gritando el lema de los Juegos Olímpicos a su gimnasta estrella.

Providence despegó enseguida de la isla donde se encontraba y sobrevoló el mar. Cuanto más fuerte agitaba los brazos, más alto iba. En cuanto el movimiento aflojaba, el ave piaba y caía lenta y lamentablemente hacia la amenazadora superficie del agua.

—¡Concéntrese y aletee! ¡USTED ES UN POLLO! ¡Aplique todo lo que hemos trabajado en meditación y únalo a su esfuerzo físico! —gritó el Chuck Norris chino como si estuviera en un campo de vacaciones militar. Parecía que disfrutaba humillando a la joven—. ¡Piense en el objetivo! ¡PIENSE EN EL JARRÓN!

¡Ah, no! ¡En el maldito jarrón del Tour de Francia, no!

Desconcentrada, Providence relajó su esfuerzo y comenzó a zozobrar hacia el mar. Pensó rápido en el trasero abombado y musculoso de Ricardo. En unos pocos movimientos, retomó el vuelo y remontó hacia las nubes. Y por fin llegó el momento de posarse en una diana. Si aterrizaba en el centro, ganaría cien puntos.

—¡CIEN PUNTOS, CIEN PUNTOS! —gritó el hombre del quimono cubierto de trocitos de albóndiga. El instructor militar se había transformado en un candidato en trance de un concurso televisivo de moda—. ¡CIEN PUN-TOS! ¡CIEN PUN-TOS, CIEN PUN-TOS! —silabeaba dando patadas al suelo, como si estuviera poseído.

A pesar de los ánimos, el pollo de la cartera aterrizó en la zona de diez puntos. La decepción invadió el rostro de Choo Noori.

—*Ta ma deeee!* —vociferó lanzando un puñetazo al vacío.

Providence no hablaba chino, pero aquello no parecía una felicitación.

Enseguida el pollo remontó hacia el cielo y sobrevoló una montaña. La joven no podía más. Empezaban a dolerle los antebrazos y los bíceps.

—¿Está totalmente seguro de que esto sirve de algo? ¿No podríamos intentar volar de verdad?

—Volar requiere una concentración y una energía intensas. Más vale que reserve toda su potencia hasta el momento oportuno. Además, el viaje será largo y duro. Son varios miles de kilómetros. No sería buena idea cansarse y sofocarse antes de hora.

—Porque no le parece que esto que estoy haciendo me fatigue y me sofoque, ¿no? —dijo Providence, ofuscada, antes de dejar caer los brazos.

En la pantalla, el pollo cayó de narices (más bien de pico) y se estrelló contra la cima de un abeto. *Game Over.*

—Ahora estaría muerta —dijo el monje.

Pero viendo la determinación de su discípula y considerándola preparada para afrontar el reto más grande de su vida, Choo Noori fue a buscar a Yin Yang para la sesión de peluquería.

Más ligera gracias a unos gramos menos de pelo, Providence esperaba como una niña buena en el pasillo. Los monjes llegaron pronto, uno detrás del otro, en fila india, cogiéndose por el hombro, como en la conga. La hora del adiós había llegado. Y con ella la hora de los últimos consejos.

—Le queda bien —dijo el padre superior señalando el nuevo corte de pelo de la joven.

—Gracias. Nada como un nuevo peinado para empezar la vida con buen pie.

—Cierto. Bien, vamos a finalizar la formación. Por los poderes que me son otorgados, declaro que está lista para volar.

—Sobre tierra firme parece sencillo —dijo Providence en un tono escéptico—, pero cuando esté allí arriba…

—Cuando esté allí arriba… —continuó Ping.

—… permanecerá concentrada y batirá los brazos —añadió Pong, como si los dos clones libraran una partida de tenis de mesa verbal.

—¿Y si algo me desconcentra o dejo de agitar los brazos?

—Se caerá —dijo tajante Choo Noori.

—¿Como en el juego?

—Como en el juego. *Game Over*. Piense que en realidad solo tiene una vida…

—¡No se anda con chiquitas! ¿Y para las cosas más prácticas?

—¿Más prácticas? —preguntó Yin Yang.

—Sí, en fin…, ya sabe… para…

—¿Ir al baño?

—Eso es.

—Retírese un poco el bañador y… su orina será pulverizada en la atmósfera.

—¿Pulverizada?

—¡Pulverizada!

Choo Noori apoyó sus palabras con un puñetazo seco en el vacío. Providence se sobresaltó.

—Había pensado llevar un poco de agua y algo de picar en una mochila —confesó—. El viaje será largo. Necesitaré fuerza y energía.

—¡Le he enseñado que es preciso que vaya lo más ligera posible (preceptos 1, 2 y 3), y me habla de una mochila! Además, sé cómo son las mujeres. Empiezan con una botella de agua y una galleta y acaban metiendo un estuche de maquillaje, algodón, chicles, compresas, un móvil y tiritas.

¡Qué horror!, pensó Providence. ¿Cómo podía Choo Noori estar tan al tanto de las prácticas femeninas? ¿Había tenido una vida anterior a la de monje? ¿Había vendido también él su Ferrari? Providence se puso roja de vergüenza.

—Tiene razón, ¡olvidemos la mochila!

—Ya puestos —exclamó el instructor de cara de granito—, ¿no quiere un servicio de catering? —Pronunció «catering» como «Catherine»—. Como en los aviones. ¿Ha visto alguna vez un pájaro con mochila? ¡Yo nunca! Encontrará todo lo que necesite en la superficie de la Tierra. Solo tendrá que descender y servirse. Y en cuanto a beber, beberá las nubes.

—¿Las nubes?

—Sí, están muy buenas —confirmó Ping—. Es agua en suspensión en la atmósfera y…

—… es muy pura —completó Pong—, aún no la han manchado las impurezas de la Tierra.

—¿Ustedes ya han bebido agua de nube?

Los dos hombres dudaron.

—¿Nunca ha bebido agua de lluvia? —preguntaron a coro.

—¿Agua de lluvia? Sí, cuando era pequeña.

—¡Y no se murió! —exclamó Yin Yang—. Pues bien, el agua de nube es eso.

—Un último consejo, no se acerque nunca a una nube de tormenta —anunció el padre superior con una voz cargada de seriedad—. En el interior hay bloques de hielo que giran a una velocidad de locos, como en una lavadora gigantesca. Hacen agujeros enormes en el fuselaje de los aviones, así que imagínese los daños que harían en un cuerpo humano. Moriría en el acto. La fuerza interior de esas nubes es equivalente a la potencia de dos bombas atómicas. Evítelas. No se sobreestime. En el Tíbet tenemos un montón de teorías filosóficas para todo, pero no nos enseñan a domar nubes. Es una verdadera pena.

—¿Cómo reconoceré esas famosas nubes?

—Es fácil… —dijo Ping.

—… Se parecen a un gorro de cocinero —añadió Pong.

—¡O a una coliflor gigantesca, si está más familiarizada con las verduras que con las cofias! —creyó necesario precisar el padre superior.

Providence sonrió y miró su reloj para señalar a los monjes que debía partir.

—Gracias por su acogida y por todo lo que han hecho por mí. Nunca olvidaré este hermoso encuentro.

Puso con ternura una mano en el hombro del padre superior.

—Nosotros también hemos aprendido mucho de usted y del mundo —le dijo él—. Se equivocaba teniendo siempre prisa. Pero errar es humano. Por eso hay una goma en el extremo de los lápices. El mundo exterior va muy rápido, no hay tiempo para detenerse y mirar las cosas bonitas, para disfrutar de las puestas de sol y del amor que inunda los ojos de todos los niños. El mundo es un bebé que quiere volar antes de aprender a caminar. No lo digo por usted, pero todo va muy deprisa. Internet y todo eso. La información se convierte en pasado justo después de ser difundida. Muere antes de nacer. Aquí aprendemos a disfrutar de las cosas bellas. No enseñamos a pilotar aviones de caza antes de empujar carretillas.

Providence sabía ahora de dónde venía el gusto del Maestro Tchin Gha por las metáforas elocuentes.

—Esta mañana —continuó el padre superior—, fue a ver al Maestro Supremo hasta Barbès, en el norte de París, y luego vino hasta aquí. Todo ese tiempo perdido en el transporte común... Todo este tiempo pasado aquí, meditando y aprendiendo a volar en una Wii... En ningún momento se ha hecho preguntas. El dolor arrasa su corazón, su hija está moribunda y usted solo piensa en una cosa: ir a salvarla; sin embargo, ha compartido un poco de este día tan especial con nosotros. He intentado inculcarle que el tiempo hay que merecerlo. Que hay que darle tiempo al tiempo, como cantaba tan brillantemente Didier Barbelivien. ¿O era Julio Iglesias? Ya no me acuerdo.

Providence se sobresaltó. Los monjes tibetanos conocían realmente a Julio Iglesias.

—Ya que lo dice, quería preguntarle una cosa. Hace un rato, en el dojo, esperando a Choo, me pareció oír «Pobre diablo» en mandarín. ¿Me equivoco?

—Tiene el oído fino, jovencita. El Maestro Daí Gheta se ocupa de la programación musical del monasterio. Por lo que ha podido oír, tiene un gusto muy canónico.

—¿Muy canónico?

—Sí, se podría decir que Julio Iglesias es el más asiático de los cantantes europeos. Él ha entendido nuestra manera de pensar y enseña los preceptos que seguimos a diario. Creo que existe una canción de Julio Iglesias para cada momento difícil de la vida de un hombre o de una mujer. Este hidalgo, además de estar siempre bronceado, sigue teniendo respuesta a todas las preguntas de la vida, y sus letras son de una clarividencia increíble. Solo con sus títulos… «A veces tú, a veces yo», «Hey», «Me olvidé de vivir»… Confucio no lo habría expresado mejor. Como Julio Verne y Julio César, Julio Iglesias es un visionario. Parece que todos los Julios son visionarios.

Providence estaba pasmada. Acababa de dar con extraterrestres que construían los muros de su filosofía de vida sobre las letras románticas de un cantante melódico de otra época.

—Para volver a lo que le decía antes de que la conversación nos desviara hacia la música melódica española, usted ha nacido con el don de volar, Providence. Tiene ese don en el corazón. Ha nacido con esa insoportable levedad. La insoportable levedad de las carteras enamoradas.

—¿La insoportable levedad de las carteras enamoradas? —repitió Providence, sorprendida de que los monjes de Versalles, además de jugar a la Wii y de escuchar a Julio Iglesias, leyeran a Kundera.

—Sí, porque la historia entre esa niña pequeña y usted es una historia de amor. Usted es una mujer enamorada. —Sus referencias culturales eran edificantes, ¡ahora citaba a Barbra Streisand!—. Esta historia es el encuentro entre dos mujeres para las que el tiempo pasa a mil por hora. Las dos tienen prisa por vivir, pero no por las mismas razones. Usted es como el almirante Oswaldo Conrueda, confunde mosquitos con islas. Su hija tiene prisa pero no puede hacer nada. Su enfermedad es la causa. Y la ironía del destino las ha puesto la una en los brazos de la otra. Porque el destino a veces es malicioso. Así que tendrán que aprender a vivir al mismo ritmo, al mismo latido, las dos juntas. Todo este tiempo que hoy piensa que ha perdido es tiempo ganado, Providence. Le va a permitir emprender el viaje más maravilloso de su vida. Disfrute de cada segundo en el aire. Cuando esté allí arriba, sienta las nubes, respírelas, tómese su tiempo. Huela el aroma del aire, del cielo, de la lluvia. Es el perfume del Paraíso.

El monje sacó un pequeño objeto del bolsillo de su toga y se lo puso en la mano. Después se la cerró.

—Lleve esto con usted y dele una gota a Zahera. Es un potente «nubecida». No sé si mi brebaje funciona. Nunca lo he probado en alguien enfermo. Pero si funciona, una sola gota bastará.

El padre superior inclinó la cabeza en señal de respeto. Luego, por orden creciente de talla, se despidieron de ella.

—Nunca los olvidaré —dijo Providence dirigiéndose a todos—, y volveré a verlos. ¡Hala, buen tejido, mantis tejedoras!

—Y nos presentará a Zahera, puesto que conseguirá traerla —dijo el padre superior con aire confiado.

La pequeña estatura de los monjes era enternecedora. Y Providence no era indiferente. Su formato llavero era una invitación a llevárselos consigo a todos lados. Le habrían aportado la sabiduría y la paciencia que le faltaban a menudo. Habría que tener siempre un monje tibetano en el bolsillo en caso de urgencia, de depresión, de pérdida de fe o de confianza en uno mismo.

Instantes después, dotada de su nuevo don y de su poción de nube, la joven cartera se encaminó hacia la boca del RER dirección Orly, con los pies sobre el alquitrán y la cabeza ya en las nubes.

TERCERA PARTE

El día en que mi cartera se hizo tan famosa
como la Mona Lisa

Las últimas palabras del padre superior habían sumido a Providence en un profundo acceso de nostalgia. Sentada en un vagón que traqueteaba como una diligencia en un western, con la mirada perdida en las amplias tinieblas del túnel que la ventanilla le devolvía, la joven volvía a pensar en sus consejos. Sienta las nubes, respírelas, tómese su tiempo. Huela el aroma del aire, del cielo, de la lluvia. Es el perfume del Paraíso.

Providence había sido «nariz», o sea probadora de olores, durante un tiempo, en su juventud, antes de ser cartera. Imaginaba la cara de la policía de Orly si hubiera escrito «nariz» en la casilla destinada a la profesión. «Me ha rellenado esto con los pies», le habría dicho sin duda. «En "profesión", ha puesto "nariz". ¿Ha distribuido su bella anatomía en el resto de las casillas?»

Sí, había sido «nariz» para una gran marca de desodorantes para hombres, es decir, «esnifadora de axilas», hasta que el director general murió y la empresa entró en bancarrota. El pobre empresario murió de risa viendo la película *Un pez llamado Wanda*, alargando así la lista, ya bastante grande, de las muertes más estúpidas de la historia, justo entre Adolfo Federico rey de Suecia, fallecido después de haberse servido un postre catorce veces, y de Barbarroja, que se bañó sin quitarse la armadura. Porque su jefe se murió realmente de risa. Un fallo en el corazón, una muerte original para alguien que era conocido precisamente por no tener corazón.

Pero el don de Providence nunca desapareció (salvo los minutos en que cargó con la basura creyendo que era su bolso). Después de dos años ejerciendo esa bonita profesión, aún le sorprendía que un mismo desodorante pudiera dejar olores tan diferentes dependiendo de la axila sobre la que se pulverizaba. Aunque quizá se tratara de un mal necesario. Si todos oliéramos igual, las feromonas, tan importantes en el juego de la seducción, dejarían de desempeñar su papel, y eso podría tener consecuencias dramáticas para la especie humana. En el peor de los casos, la gente ya no se atraería, no se reproduciría y nuestra civilización terminaría por desaparecer. En el mejor de los casos, no distinguiríamos entre una mujer, un contenedor y un trozo de roquefort. Tal vez eso fuera bueno para los monjes de la Humilde Casta de las Mantis Tejedoras, que habían hecho de la tela de queso su negocio, pero para el resto del mundo sería una catástrofe olfativa sin precedentes. Conscientes de la gravedad del tema, los laboratorios se esforzaban sin descanso en elaborar productos que trascendieran y ensalzaran los olores personales pero no los aniquilaran.

Providence había catalogado todas las fragancias con las

que se había topado a lo largo de su breve carrera bajo las axilas de los hombres. El hombre blanco, por ejemplo, emanaba un olor como a hierba mojada; el hombre negro desprendía fragancias similares al cuero y a la corteza de los árboles; el hombre asiático olía al salpicar del océano y a limón; el hombre indio, a especias.

De hecho, era muy práctico a la hora de evaluar a una posible pareja. Oler era lo primero que la joven hacía cuando conocía a un hombre. Le olía la piel de la cara, del cuello. Los monos no habían inventado nada. Así es como aprenden a conocer a sus enemigos o a reconocer en los otros a un compañero fiel. Se sabían más cosas sobre alguien por su olor que por sus palabras.

Se acordó de una conversación que tuvo con Zahera sobre este asunto.

—¿A qué huelo yo? —preguntó la niña.

—Hueles a especias —mintió Providence.

En realidad olía a medicamentos, a nebulizador de Ventolin y a jarabe para la tos.

—¿Y tú? ¿A qué hueles tú?

Picada por la curiosidad de oler siempre a los otros, un día la joven había olfateado debajo de sus brazos.

—La cartera francesa huele al bosque de Fontainebleau a primera hora de la mañana, mucho antes del rocío, cuando las hojas de roble y de pino aún no se han vestido con su collar de perlas de agua… No, en serio, mis axilas huelen a algodón y poliéster, ¡pero eso cuando llevo camisa! Si no, los franceses huelen a queso y ajo.

Ella odiaba el olor a ajo, hasta tal punto que en ocasiones la tomaban por una vampira.

En ese momento la vampiresa se encontraba en el RER B, que olía más a sudor que a ajo o a queso fermentado (aunque…), rumbo hacia el sur.

La ventaja de tener un sentido del olfato hiperdesarrollado era que podía reconocer las estaciones de metro solo por su olor particular. Como las huellas digitales, las estaciones tenían una y era única.

Así, Nation olía a cruasán caliente; Gare de Lyon, a orines; Concorde, a paloma sucia; Châtelet-les-Halles, a café.

Había llegado a la conclusión de que París tenía más estaciones con olores desagradables que agradables. Si hubiera sido elegida alcaldesa de la capital, habría empezado por perfumar las estaciones, cada una con el olor de una flor diferente. Su estación olía a lejía y a limón. Pero eso era normal porque cada vez que ella entraba en el metro por la mañana para ir a Correos había una señora pasando la fregona. Olía a pescado (la estación, no la señora) los martes, los jueves y los domingos porque eran días de mercado. Los sábados olía a arroz crudo porque era día de boda.

Providence trabajaba en un barrio conocido de Orly. Durante su recorrido le gustaba pararse unos instantes en el parque infantil. Si iba adelantada en el reparto, normalmente eran las once y se sentaba a comer una manzana bien roja. Lo que le gustaba de ese sitio era la mezcla cultural y los colores que los niños llevaban en la cara. Negritos jugaban con blanquitos, con magrebíes, con asiáticos y con judíos con la kipá en la cabeza y los tzitzit en la cintura. Todo ese pequeño mundo vivía en armonía. Eran niños inocentes que no imaginaban que sus padres se odiaban y luchaban unos contra otros en todos los rincones del mundo. Ellos jugaban, indiferentes a todo eso. Compartían bicicletas, cubos y palas y construían castillos juntos. Nos daban una bonita lección de vida. El Paraíso debía de parecerse a eso. Ese Paraíso cuyo olor el padre superior le había pedido que respirase a pleno pulmón.

Apretó en la mano, pero no demasiado fuerte para no romperlo, el frasquito que contenía el líquido ámbar que, con una sola gota, quizá consiguiera curar a Zahera. Lo cuidaría como si fuera la niña de sus ojos. Pensando en esto lo deslizó en sus braguitas.

Habría podido despegar desde cualquier lugar. Desde un balcón, una terraza, un tejado, incluso desde la acera. Pero ahora que se disponía a dar el paso, que su vuelo era inminente, un sentimiento de miedo cada vez más opresivo empezaba a retorcerle el estómago.

Providence volvió a pensar en el *Game Over* del videojuego. Volar como los pájaros sin serlo era arriesgado. Quizá pagara con su vida la vanidad de haber querido, un día, acariciar el cielo. Los monjes le habían dicho que estaba preparada. Pero, después de todo, ¿quién se lo aseguraba? Eran marginales, y a ella no le gustaba dejar su vida en manos de marginales.

Así pues, le pareció prudente dirigirse a un profesional de la aviación. Conocía a un controlador aéreo en Orly. Su insólita petición seguro que le sorprendería, quizá la tomara por loca, era un riesgo que tenía que correr, pero no podría negarse a ayudarla a llevar a cabo su labor porque era su cartera. Más le valía. En caso contrario podría dejar de llevarle buenas noticias, dejar su correo en el buzón de otro.

Era un tal Léo Mengano. Un apellido curioso para un guapo antillano, de una dulzura increíble y, a la vez, muy fuerte. Al menos eso fue lo que ella olió el día en que se acercó a él para hacerle firmar un paquete. Olía a honestidad, a rigor y a jabón de Marsella. Era un aspersor de hormonas, unos fuegos artificiales de feromonas que la primera vez le dieron escalofríos. No se cruzaban con frecuencia, pero ella no había visto a nadie más en su casa. Era un buenorro que estaba soltero. O sea, más fácil de encandilar. Le pediría autorización para despegar de Orly. No quería ver que los cazas se ponían a su lado para pedirle que descendiera a tierra o para abatirla. En el aeropuerto estaría a la vista de todos; podrían ayudarla si le pasaba algo al despegar. Esto iba en contra del precepto del Maestro Tchin Gha según el cual debía mantener, en la medida de lo posible, sus poderes en secreto. Pero hacía tiempo que Providence había sobrepasado esa «medida de lo posible», en realidad desde que esa historia de locos comenzó. Y además Léo seguramente le daría excelentes consejos para cuando estuviese allí arriba; los de los monjes le parecían un poco fantasiosos.

De vuelta a Orly, se dijo.

Cuando llegó al aeropuerto, Providence se dio cuenta de que la situación estaba peor que cuando se fue. Centenares de turistas y de hombres de negocios encolerizados habían cogido como rehenes a los auxiliares de vuelo y exigían soluciones inmediatas. Otros, sentados o tumbados por el suelo, miraban el espectáculo con ojos vidriosos. Condiméntelo con llantos de niños y obtendrá una versión moderna de *La balsa de la Medusa* de Géricault.

Recordando de golpe el precepto número 3 de Choo Noori, cuando se dirigía hacia la torre de control, se lanzó a la búsqueda de un biquini. Recorrió las tiendas *duty free* de la terminal, vio muchas secciones de tabaco, perfumes y alcohol, pero ninguna prenda para la playa. Estaba pensando en soluciones alternativas, como, por ejemplo, confeccionarse un traje con los envoltorios de varias cajas de tabaco, cuando dio con un pequeño stand de bañadores.

Los biquinis eran cada vez más pequeños y más caros. Si la primera vez los vendieron dentro de cajas de cerillas, hoy día se podrían vender en dedales. Pero los dedales estaban anticuados, al menos tanto como el jarrón del ganador del Tour de Francia. ¡EL JARRON, EL JARRON!, le parecía oír gritar, pero el Texas Ranger asiático ya no estaba a su lado.

Providence escogió un dos piezas con estampado de flores. Parecía que lo había confeccionado ella misma a partir de retales de tapicería del dormitorio de su abuela. Pero al menos era ligero.

Se encerró en un probador, se desvistió y se lo puso.

Se miró un instante en el espejo y se encontró guapa. A pesar de una dieta desequilibrada y una patente falta de práctica deportiva, tenía un físico de ensueño que hacía girarse a más de un hombre por la calle. Contaba con una maravillosa genética llena de contrastes.

Era delgada, pero debajo de sus jerséis ajustados, cuando los llevaba, se adivinaban unos bonitos pechos redondos y firmes.

Lucía una delgada cintura que haría palidecer de envidia a más de una avispa y tenía un bonito trasero respingón que le había hecho merecer algunos motes y que había alimentado las fantasías de sus clubs de fans masculinos. Ese físico era de lo más natural. Lo tenía desde el nacimiento. Venía de serie. No le había hecho falta hacer deporte para cuidarlo o para tener músculos prominentes. Su excitación, su trabajo, su temperamento ardiente no la dejaban quedarse quieta y le impedían ganar ni un kilo. Podía comer lo que quisiera, cuando quisiera, sin preocuparse para nada de su línea, que seguía impecable. Quizá era gracias a su sexto dedo del pie, al que nunca había encontrado utilidad.

Providence volvió a vestirse y fue a pagar el biquini a la caja sacando las dos etiquetas que llevaban el código de barras fuera de la camiseta y el pantalón. Esta práctica descolocó a la vendedora, pero eso no era nada comparado con lo que iba a pasar en unos minutos.

A continuación, guardó sus cosas en la primera consigna que se cruzó en su camino. Solo se quedó con el biquini, el brebaje de «nubecida» y un billete de cincuenta euros.

De repente, como por arte de magia, o como si hubiera cegado a la muchedumbre con la cámara de Will Smith que permitía borrar la memoria a los humanos en *Men in Black*, los retrasos, las anulaciones, los aviones, la nube de cenizas, la ira, desaparecieron en un instante de las mentes. Sobre todo de las mentes masculinas. En unos segundos, Providence se convirtió en el único centro de interés del aeropuerto y todas las cámaras de vigilancia se giraron hacia ella. Y hacia sus bonitas posaderas floreadas.

Y así llegamos al momento en que mi cartera llegó a mi torre de control en biquini. Seguramente dio mi nombre para pasar el servicio de seguridad. Claro que conociendo a los vigilantes… A estas horas el servicio de limpieza aún estará secando los litros de babas que esos dos debieron de dejar al verla pararse delante de ellos. Bueno, no estaba armada. Eso seguro. La bomba no la llevaba encima. ¡La bomba era ella!

—¡Por fin llegamos a la parte interesante! —exclamó el peluquero frotándose las manos—. Después de veintitrés capítulos… Empezaba a hacérseme largo.

—¿Por qué? ¿Todo lo que le he contado no le ha interesado?

—Sí, sí, pero lo que me come la curiosidad es saber si esa señora vuela de verdad.

—¿No quiere saber qué le pasó a Zahera?

—¿La niña?

—Veo que me ha seguido un mínimo.

—Primero hábleme del vuelo, sea bueno. Trabajo y no tengo todo el día.

—Cuando pueda, debería pasarse por el templo tibetano de Versalles. Si curaron a Providence de su impaciencia, creo que a usted también podrían ayudarle. Y además, no ha terminado de cortarme el pelo. Y aparte de mí no tiene más clientes.

—Esa no es razón.

—Y si le digo que es la historia más bonita que jamás le han contado, ¿esa sí es razón?

Mientras pedía al controlador aéreo permiso para despegar de Orly, Providence se dio cuenta de que lo que estaba diciendo era descabellado. Habían encerrado a gente por menos de eso. A lo mejor tenía que haberse quedado en el asilo de los dementes del monasterio de Versalles y terminar sus días en completa paz, hilando pequeñas madejas de queso y contando los puntos de las partidas de petanca con tomates verdes. Sin embargo, no se desmoralizó, se tragó el orgullo, asumió hasta el final sus palabras y esperó una respuesta del controlador.

No la hubo.

—No pretendo entorpecer su tráfico, señor controlador —dijo para tranquilizarlo—, solo quiero que me considere un avión más. No volaré tan alto como para que la nube de cenizas me afecte. Si hay que pagar las tasas de aeropuerto, no hay problema, tenga.

Tendió al joven un billete de cincuenta euros que guardaba en su puño izquierdo.

Considerarla un avión más no es un problema, pensó Léo. ¡Esta chica es un verdadero caza!

—No sé si es suficiente, pero es todo lo que tengo —añadió ella.

Como el controlador no se movía, ella puso su cara más bonita de desconcierto y le dijo su nombre para así parecerle más humana. Había visto eso en una película americana en la que la madre no dejaba de repetir el nombre de su hija raptada a los medios para que el criminal la considerara una niña pequeña y no un objeto. Providence demostraba así que era más que una simple cartera en biquini de flores.

El hombre emanaba un olor a gran bondad y, como siempre, a jabón de Marsella. Y como parecía receptivo, le contó su historia.

Desde el episodio de la apendicitis en Marrakech hasta ese día. Sin omitir ningún detalle de esa fabulosa aventura.

—Está muriéndose, Léo —dijo para terminar. Y un reguero de lágrimas nacaradas como miles de conchas resbaló por su mejilla—. Es mi pequeña. Es todo lo que tengo en el mundo.

El controlador se dijo que la joven tenía un corazón tan grande como un reactor de Airbus A320 (cada uno con sus referencias). Estuvo a punto de decírselo, pero no lo habría entendido. No lo habría tomado como un cumplido. Un turborreactor de Airbus no tiene nada de romántico ni de poético, es cierto. Salvo para él, que veía en esa obra maestra de la tecnología mecánica el aliado perfecto entre la fragilidad (un simple pollo congelado podía destruir las hélices) y la fuerza (la potencia de los gases emitidos podía elevar a un avión de varias toneladas).

Léo era escéptico. Por supuesto, no pensó en ningún momento que su cartera fuera capaz de volar. Por definición, el ser humano no puede volar por sus propios medios. Esa es una ley esencial de la física, y Léo creía en esta ley más que en nada en el mundo. Era su profesión, su religión. Él era ingeniero del control de la navegación aérea. Era un hombre de ciencia, el tipo de hombre que cree en cosas sólidas, no en quimeras. Sin embargo, algo le decía que estaba cambiando de opinión, puesto que, por otro lado, esa joven despertaba cierta fascinación en él. Fascinación y encanto. Un encanto irresistible. Empezando porque tenía la cara de desconcierto más bonita que había visto en toda su vida. Y luego las piernas, la delgada cintura, la piel blanca ligeramente bronceada, los brazos menudos y las muñecas minúsculas no lo dejaban indiferente. Sí, esas muñecas huesudas de apenas unos centímetros de diámetro. En suma, unas muñecas perfectas. Si se hubiera oído, habría sacado una regla y las habría medido para ver si realmente eran más pequeñas que las que había visto hasta entonces. Porque siempre se había prometido que la mujer de su vida tendría el récord del mundo, el título supremo de las muñecas pequeñas. Y sería así como la reconocería. Una manía curiosa que era tema de burla entre sus colegas. Vivimos en una sociedad en la que la fantasía de los pechos grandes es mejor aceptada que el gusto por las muñecas pequeñas. Resumiendo, viendo las de la joven que tenía delante, pensó que por fin la había encontrado, ese ser perfecto al que siempre había buscado y con el que deseaba vivir el pequeño pedazo de existencia que le quedaba.

¿Y cómo podía tener tanta fuerza, voluntad y amor para creerse capaz de volar en el cielo? Era fascinante. Esa inocencia venida de otro mundo. Qué cuerpo tan bonito. Y qué moral tan bonita.

Decidió darle una oportunidad. Solo porque sentía curiosidad por ver qué haría una vez que estuviera en la pista. Al fin y al cabo, no tenía demasiado trabajo. Los aviones estaban clavados al suelo y habían cerrado el aeropuerto. Mejor eso que esperar a que el tiempo pasara sentado en una silla. Y la compañía de esa mujer era de lo más agradable. Al verla, su corazón palpitaba. Y la palpitación del corazón, en este caso, era benigna y agradable.

Le emocionó que lo llamara por su nombre. Pensó en su trabajo, en la reacción de sus superiores, en el posible expediente disciplinario por haber recibido a esa chica en la torre y haberla acompañado a la pista.

El mundo giraba a una velocidad loca. Su mente también. En un instante, se vio de pequeño, en el Panteón de París, con su padre. «Tienes delante de ti el único indicador del punto fijo del universo», le dijo con una sonrisa enseñándole el péndulo de Foucault que se balanceaba en el extremo de un cable, encima del vacío. «Vivimos en un mundo móvil, en el que nada es permanente, nada es eterno. Todo cambia a nuestro alrededor, todo cambia en nuestro interior, todo va muy deprisa. Si logras encontrar, en medio del caos, tu punto fijo, el punto fijo de tu universo, no lo dejes nunca. Te ayudará en los momentos de cambio y de duda, cuando todo se destruya a tu alrededor, todas tus referencias. Yo lo encontré en tu madre. Ella es mi estabilidad, mi constancia, mi imperturbabilidad. Es mi péndulo de Foucault personal.»

Así fue como Léo decidió que a partir de ese día Providence sería el punto fijo de su universo.

Para ser un punto fijo, empezaba mal la cosa, puesto que el punto fijo se largaba, se iba de viaje y ponía dos mil kilómetros entre ellos.

Léo acababa de dar a Providence permiso para despegar.

Estaba impaciente por encontrar a su hija. Sobre todo, estaba impaciente por ver con sus propios ojos cómo esa mujer en biquini alzaba el vuelo hacia las nubes, aunque no se lo creyera ni por un segundo. Ella se abalanzó sobre él y lo besó en la mejilla, cerca del labio, estrechándole fuerte contra su pecho. Tenía la piel suave. Qué bonita mezcla de colores en sus brazos. Una gota de leche sobre un trozo de cuero negro aceitoso y brillante. ¡Gracias!, le dijeron su corazón y sus ojos color miel. Después se puso seria y le preguntó cuál era el procedimiento que debía seguir.

El joven se colocó sus auriculares-micro de controlador aéreo y escuchó las ondas. Pronunció unas palabras en inglés para advertir a los pilotos extranjeros aún alineados en la cabecera de la pista desde el cierre del aeropuerto y luego se giró hacia Providence sonriendo.

—Ya está. Tiene vía libre. No vaya demasiado alto. La temperatura baja con la altitud y usted no va vestida en consecuencia. Y además, recuerde: cuanto más suba, menos oxígeno. Se dará cuenta enseguida. La acompaño a la pista.

¿Por qué se molestaba en darle consejos? Nunca llegaría a separarse ni un milímetro del asfalto y, mira por dónde, le hablaba como si previera que iba a alcanzar la altitud de crucero de treinta mil pies de un vuelo comercial.

—Sabía que sería de gran ayuda para mí —respondió ella con una sonrisa encantadora.

Bajaron por una escalera en espiral semejante a las de los faros al borde del mar y pronto llegaron a primera línea, delante de las pistas de despegue, que, curiosamente, eran las mismas que las de aterrizaje.

Algunos curiosos se habían agolpado detrás de las cristaleras de la terminal y miraban la escena intrigados.

—Buena suerte —dijo el controlador del cielo.

Y sin más, llevada por la insoportable levedad de las carteras enamoradas, Providence alzó el vuelo.

No! ¿Me está tomando el pelo? Lleva una hora demorándose en detalles sin importancia y cuando por fin llega a lo que me interesa, el vuelo de Providence Dupois, se lo ventila en un segundo. «Y sin más, llevada por la insoportable blablablá, alzó el vuelo.» ¿De verdad cree que me voy a contentar con eso?

Para optimizar la ascensión de Providence y ahorrarle un esfuerzo inútil, a Léo se le ocurrió utilizar la potencia del reactor de un avión para calentar el aire y provocar la ascensión de pequeñas partículas que arrastrarían con ellas el cuerpo de la joven. Era el principio de los globos aerostáticos, con una pizca de fantasía y de ciencia ficción. Pero si funcionaba, ese procedimiento sin duda la ayudaría a salvar los primeros metros (y él podría optar al premio Nobel o a su admisión en un hospital psiquiátrico). A continuación ella comenzaría a agitar los brazos y emprendería su maravilloso viaje.

¿Lo había hipnotizado?

Nunca habría creído que colaboraría en la locura de otra persona. Pero lo guiaba una fuerza en la que la razón no tenía lugar. Una fuerza que sacaba de los lugares más recónditos de su corazón. Una fuerza que se llamaba «amor», cuando no se le quería dar el nombre de «locura». Si la lógica de Léo le decía que estaba a punto de asistir a un fracaso total y que Providence no se separaría ni un pelo de esa abrasadora pista de asfalto, su corazón, en cambio, la imaginaba irse volando alto en el cielo.

En fin, ya se vería. Estaba muy decidida.

El controlador conectó sus auriculares al morro del avión y habló con el piloto de Lufthansa. Después guió a Providence detrás del reactor izquierdo, a una distancia prudencial, y volvió a conectarse para controlar la maniobra.

Las hélices del motor empezaron a girar. Al principio lentamente, luego cada vez más rápido. Aunque escéptico sobre el resultado del experimento, Léo iría hasta el final. Aun si quedaba como un idiota a los ojos de los pilotos. Hizo algunos gestos a la joven para decirle que todo iría bien, bajo la mirada intrigada del alemán que, puesto que los aviones aún no están equipados con espejos retrovisores, no veía la escena irreal que se desarrollaba tras sus alas.

Una corriente de aire caliente elevó un poco el pelo a lo *garçon* de Providence e hizo temblar su pequeño y frágil cuerpo. Unos segundos después, salía propulsada por los aires, ella y su biquini de flores, como una rebanada de pan de molde de una tostadora.

Situación: el cielo, comúnmente llamado «atmósfera» (Francia)
Corazón-O-metro®: 2.105 kilómetros

Cuando abrió los ojos, la joven cartera estaba en el cielo, a más de un centenar de metros del suelo. Bajo ella se extendía el inmenso aeropuerto y sus aviones clavados al suelo, como en una maqueta de arquitecto. La gente había salido a la pista y la miraban, la cabeza hacia el cielo y la mano de visera para verla volar. Debían de estar tan estupefactos como ella, seguro. Se oía un vago murmullo, como si la muchedumbre la aclamara.

Ahí estaba, lo había conseguido.

El Maestro Tchin Gha y el padre superior tenían razón. Era capaz de volar. Tenía ese don. Siempre lo había tenido.

Era increíble.

En tierra, informados por Léo de la misión de Providence a través de los altavoces de las terminales, los viajeros olvidaron sus pequeños problemas, sus vuelos cancelados, sus reuniones o sus primeros días de vacaciones para unirse a la causa de esa madre que, llevada por su amor, se había hecho crecer alas para ir a buscar a su hija que la esperaba al otro lado del mar. Era un mensaje de amor tan bonito que ya no había nacionalidades ni religiones, solo un pueblo, una raza, la raza humana, delante de ella. Con ella. El ser humano, el único ser que puede realizar sus sueños a partir de la voluntad; el único ser, de hecho, que tiene sueños. Porque ¿tenían sueños los animales más allá de en la novela de George Orwell?

Vio a Léo, allí abajo, diciéndole adiós con grandes gestos. Feliz, agitó los brazos con más fuerza y subió unos metros más, pero siempre teniendo presentes las palabras del controlador. No debía subir demasiado. El frío y la falta de oxígeno la acechaban a la vuelta de una nube.

Pronto el aeropuerto desapareció y grandes extensiones verdes y amarillas llenaron el paisaje; un inmenso pañuelo tan colorido como una alfombra de baño de Ikea se desplegaba a sus pies y le indicaba el camino a seguir. No tenía brújula pero sabía por instinto a dónde debía dirigirse. Las madres saben esas cosas.

Una canción de Jacques Brel le vino a la mente:

> ♪ *Fue la primera flor*
> *Y la primera chica*
> *La primera amable*
> *Y el primer miedo*
> *Volaba, lo juro*
> *Juro que volaba*
> *Mi corazón abría los brazos.* ♪

El cantante belga parecía haberla escrito para ella. Para allí. Para ese momento.

La joven cartera alcanzó enseguida la primera nube y nadó directa hacia ella, pues no se parecía ni a una coliflor ni a un gorro de cocinero. Solo era una bola gorda y vaporosa de algodón. Se deslizó dentro, entre sus filamentos, y cuando llegó al corazón de la nube, el agua fundida de las gotas de que estaba hecha le estalló en la cara y en los miembros desnudos como un vaporizador gigante. ¡Qué sensación! ¡Qué olor! El padre superior tenía razón. Era sensacional oler una nube. Y, ¡hop!, un olor nuevo para su repertorio olfativo. El olor del Paraíso. Ese no era fácil conseguirlo.

Suspendida en el aire, Providence ejecutaba movimientos de braza, como si estuviera en la piscina de Tourelles adonde iba a nadar cuando era pequeña, y como solía nadar también en sus sueños. Nadaba en el cielo. Pero aquello era mucho mejor que en sus sueños.

Un pájaro pasó a su lado y le cantó al oído. Intrigado de ver a un humano por esos parajes, la acompañó unos metros y luego desapareció de nuevo en el cielo azul para contar ese increíble encuentro a sus congéneres.

Cuando era pequeña, los profesores le reprochaban que tuviera siempre la cabeza en las nubes. Y mira por dónde hoy tenía los pies en las nubes.

Concéntrate, se dijo, piensa en el jarrón del Tour de Francia.

De repente, en la tercera nube a la izquierda, la asaltó una duda.

Solo estaba al comienzo, pero imaginó que seguía volando y que al rato, muerta de cansancio, caía como un martillo al suelo. No estaba en un dibujo animado donde el personaje caminaba en el vacío y solo caía cuando se daba cuenta. En la realidad, ella caería del cielo como una tostada. Como en los lanzamientos de tostadas que a veces organizaba con Zahera a la hora de la merienda.

Esto consistía en untar un poco de mantequilla y mermelada en un biscote, estirar el brazo y soltar el biscote. El objetivo del juego era hacerlo caer sobre el lado liso. Providence se convertía en una niña, mientras que Zahera, más concienzuda, tomaba notas de las estadísticas. Por ejemplo, de veinte intentos, el trozo de pan había llegado al suelo dieciséis veces sobre la cara untada, tres veces sobre la otra cara y una vez se había quedado pegado a la mano. Alertada por las risas de las otras enfermas, la mujer de la limpieza solía entrar en la cocina hecha una furia y, viendo toda la mermelada del tarro por el suelo, se precipitaba sobre las culpables y las regañaba a golpe de escoba antes de que pudieran explicarle que estaban haciendo un experimento científico de gran importancia y que el futuro del universo estaba en juego. La señora de la limpieza, aparentemente más preocupada por el futuro de las baldosas que por el del universo, las sacaba de la cocina jurando en árabe. De vuelta al dormitorio, la pequeña anotaba los resultados en su cuaderno y sacaba conclusiones.

Supuesto 1
Una vez que la sueltas, la tostada cae siempre.

Supuesto 2

La tostada cae casi siempre del lado de la mermelada. Y como la cultura es como la mermelada (cuanta menos hay, más la extendemos), no es falso decir que la mermelada cae casi siempre del lado de la cultura (incluso si eso no quiere decir nada).

Supuesto 3

Si, excepcionalmente, la tostada cae del lado sin mantequilla, es que no hemos puesto la mantequilla en el lado correcto.

Providence volvió a la realidad.

Tenía que concentrarse. Era lo que le habían aconsejado los monjes. En esta vida no se permitía ningún *Game Over*.

De momento el viaje parecía desarrollarse bien. Pero ¿qué pasaría con la vuelta? Se preguntó cómo harían para volver las dos juntas. Porque no dejarían despegar al avión y a la asistencia médica que había contratado para el viaje a Francia.

¿Y cómo iba a llevar a Zahera en brazos? Imposible alzar el vuelo juntas. Demasiado peso. Además, la niña tenía ya una nube en el pecho. ¿Soportaría nadar entre ellas?

Providence derramó unas lágrimas.

A unos miles de kilómetros de allí, un meteorólogo captó esa precipitación lagrimal en su ordenador. Un bonito color azul verdoso invadió su modelo higrométrico. Era como si, por primera vez en la historia del cielo, lloviera por encima de las nubes.

Esa tarde, François Hollande decidió coger el metro. Nunca cogía ese medio de transporte. Primero porque trabajaba donde vivía, en el Elíseo, un poco como los comerciantes árabes o los encargados de los salones en los westerns americanos, que se alojaban en la planta de arriba. Segundo porque la planificación era un quebradero de cabeza para su servicio de seguridad, que nunca dejaba nada al azar. En fin, que le desaconsejaban (pues nadie puede impedir a un presidente de la República que haga lo que quiera a menos que busque una jubilación anticipada) coger el metro.

Pero esa vez su servicio de escolta no pudo impedir que se metiera en las entrañas del metro parisino. El jefe de Estado no había elegido bien el día, evidentemente, puesto que un consejero fue enseguida a buscarlo para anunciarle, con el teléfono sin cobertura en esa caverna del siglo XXI, que un acontecimiento sin precedentes estaba revolucionando al mundo. Lo llamaban «el asunto del vuelo».

—¡Ah, no! ¡Otra vez no! No quiero oír nada más sobre la polémica del velo en las escuelas.

—Señor presidente, no hablo de velo, sino de vuelo.

Aliviado por no tener que mediar en el conflicto que puso a su predecesor, Sarkozy, en una situación delicada, Hollande soltó una risita nerviosa parecida a un cacareo. Su séquito se esforzó por seguirle la corriente. Y un cacareo general recorrió el vagón de metro, compuesto el 99,9 % de policías y el 0,1 % de civiles, en este caso, una señora de unos cincuenta años comprimida entre dos mastodontes y a la que obligaron a firmar un contrato de confidencialidad en el que se comprometía a olvidar las palabras, aunque fueran divertidas, de su buen presidente.

—Vuela como un pájaro, señor.

—¿Como un pájaro? ¡Qué interesante! ¿La LPO* está en ello?

—No, señor.

—Bien. ¿Y la DGAC?**

—No, señor.

—Mejor aún. ¿Y la DGSE?***

—No, señor.

—No esperaba menos de usted. Bien, en ese caso, ¡todos a Charles-de-Gaulle!

—La mujer salió de Orly.

* Ligue pour la Protection des Oiseaux (Liga para la Protección de los Pájaros).

** Direction Générale de l'Aviation Civile (Dirección General de la Aviación Civil).

*** Direction Générale de la Sécurité Extérieure (Dirección General de la Seguridad Exterior, los servicios secretos franceses).

—Muy bien, en ese caso, ¡todos a Orly!

—Señor, el aeropuerto de Orly está cerrado.

—Bien, en ese caso, ¡todos a Charles-de-Gaulle!

—Señor, todos los aeropuertos están cerrados. ¿No tiene el resumen de prensa de esta mañana?

—Si se refiere a la carpeta roja con cientos de páginas que me han traído urgentemente esta mañana a las once, no. Como Pompidou, no leo los resúmenes de más de una frase. ¡Porque cuando hay más de una frase ya no es un resumen!

—La próxima vez le enviaremos telegramas —murmuró el consejero.

—¿Cómo?

—Nada, señor presidente. Decía que tiene razón. Haremos lo posible para que los próximos resúmenes no contengan más de una frase. Como mucho, dos, si me lo permite.

—Ya que estamos, nada de grandes carpetas rojas. No las abro nunca. Me dan miedo. Las carpetas rojas pueden explotarte en la cara en cualquier momento. ¿Entendido? Volvamos al tema de los aeropuertos.

—Todos cerrados, señor.

—Ningún aeropuerto francés está cerrado para el presidente de los franceses.

—Una gigantesca nube de cenizas impide a los aviones volar. Eso es lo que ponía en el resumen de esta mañana.

—¿Ve como sí que podía resumirlo en una sola frase? Una-gigantesca-nube-de-cenizas-impide-a-los-aviones-volar. No es tan difícil. Bueno, para su información, ¡sepa que ninguna nube de cenizas impide al avión del presidente de los franceses volar!

Salieron a la superficie rápidamente, dispusieron una escolta motorizada y acompañaron al señor Hollande a Orly con las sirenas gritando. Allí lo esperaba una representante bigotuda de la policía de fronteras para hacerle un resumen de la situación.

—Buenas tardes, señor —dijo el presidente—, infórmeme.

—Señor presidente, no soy un hombre —respondió la policía.

—Eso es asunto suyo, amigo —insistió el jefe de los franceses, que no quería entrometerse en la vida privada del funcionario—. Le he pedido que me informe de la situación, no de sus problemas de identidad sexual. Aunque me gustó mucho lo que hizo en Eurovisión…

El bigote de la mujer tembló de cólera.

—La voladora acaba de atravesar la frontera española, señor.

—¿Qué? ¡Ya está en territorio de los comilones de paella! Vamos, ya he perdido demasiado tiempo, ¡lléveme al *Air France One*! ¡De inmediato!

Me gusta Hollande —dijo el peluquero.

—A mí no mucho. Pero lo prefiero al otro François.

—¿François Miterrand?

—Sí, Miterrand. Nunca tuve mucho *feeling* con ese personaje, un poco demasiado frío y rígido para mi gusto.

—Sí, tiene razón, demasiado frío y rígido. Y no vea desde que murió…

Situación: encima de los Pirineos (Francia-España)
Corazón-O-metro®: 1.473 kilómetros

«Las nubes nadan como sobres gigantes, como cartas que enviaría el invierno a la primavera», dijo un día el poeta albanés Ismaíl Kadaré. Una cartera no lo hubiera escrito mejor.

Qué bonito era el mundo desde allí arriba. Era una sensación diferente a la de coger un avión, porque hasta el momento no se habían inventado las aeronaves con suelo de cristal, como los barcos para turistas de Marsella, lo que habría sido magnífico. Y aun así, habría faltado esa suave sensación de frescor y humedad que acariciaba la cara, esa sensación de libertad total, y el olor. El olor del Paraíso. Providence era dueña de sus movimientos y de su rumbo, dueña de la altitud a la que quería volar.

Observó las veletas en lo alto de las catedrales, vio a los limpiadores de cristales haciendo una pausa tumbados sobre los tejados de cristal. Era una locura todo lo que veía caer de los balcones. Jovencitas en lágrimas, alpinistas aficionados, una retahíla de personajes sacados de una canción de Higelin. En unas horas había sobrevolado las principales ciudades de Francia y atravesado la gigantesca cadena montañosa que separaba su país de España. Como por arte de magia, la alfombra que se extendía a sus pies cambió. Más amarillo, más seco, menos verde. Una tierra árida, más sedienta a medida que descendían las latitudes.

Providence se había parado dos veces para beber un poco y retomar fuerzas. Porque no bastaba con abrir la boca en una nube para refrescarse. Era como intentar beber agua expulsada por un pulverizador a cinco metros. Habría tardado horas en llenar un vaso. Así que descendió a tierra firme antes de alcanzar los Pirineos, a lugares atravesados por ríos que dibujaban venas en la montaña. Después no tuvo dificultad para volver a subir al cielo.

Cuando miraba la superficie de la Tierra, a veces veía largas columnas humanas tan grandes como colonias de hormigas. Parecía que seguían su viaje desde allí abajo. Lo supo con seguridad cuando se cruzó con un globo aerostático a la altura de Madrid. ¡Anda! ¡Los globos sí podían ir y venir por el cielo en un día así! No había pensado en ese medio de transporte. Las cuatro personas que había a bordo acercaron la cesta y le dieron algunos alimentos para picar. Un plátano y galletas caseras hechas por fans que querían transmitirle su amistad y agradecerle el haberles dado una lección de vida tan bonita y fuerte.

«Es como si todos voláramos con usted por las nubes», ponía en una pequeña nota que habían metido en la fiambrera. «¡Usted es nuestra hada Campanilla!» Y el periodista que iba a bordo, armado con una cámara y un micro, le confirmó que abajo, en la Tierra, la llamaban ya «el hada del Cuatro Latas amarillo» (porque trabajaba en Correos).

No estaba mal como nombre. Y esa fama. De golpe, Providence era tan famosa como la Mona Lisa. Tan famosa como todas esas actrices de cine francesas y americanas.

Pero lo más fuerte de todo era que el mundo se había hecho eco de la hazaña de Providence y que un gigantesco sentimiento de amor había invadido el planeta. Por un instante, los pulsos de las guerras y de los conflictos habían cesado; por un instante, el latido del corazón del odio se había callado. «*Heal the world, make it a better place*», había cantado innumerables veces Michael Jackson. Pero, por desgracia, no estaba allí para verlo. Ni Nelson Mandela. Ni Martin Luther King, ni Gandhi, ni la madre Teresa de Calcuta. Triste ironía del destino, todos los que un día lucharon por la paz en el mundo ya no estaban. Los sirios habían dejado las armas sobre los sacos de arena y habían puesto las manos en forma de visera para mirar el cielo. Era imposible que vieran a la francesa porque estaba bastante más al oeste. Pero habían dejado de luchar. Una tregua repentina e inesperada, como cuando una pareja enfadada da por casualidad con una película de amor y acaban dándose la mano y abrazándose en el sofá, olvidando en un segundo semanas de peleas. «¡Vamos, olvidémoslo todo!», dijo incluso un palestino a un israelí que tenía a tiro de su fusil automático. Un poco por todos lados, las familias rotas se reconciliaban, los padres desertores regresaban al hogar, las madres destruidas volvían al contenedor a buscar al recién nacido al que acababan de abandonar.

Prueba de que se podía cambiar el mundo cuando uno no se lo proponía. Providence bajó la basura una mañana y de camino salvó al mundo. Y antes de que todas las televisiones del planeta hubieran anunciado la buena nueva a golpe de «noticias de última hora», la situación volvió a ser la de antes. Solo duró unos minutos. Tres minutos, para ser precisos. Después, cuando todo el mundo volvió en sí y regresó a sus asuntos, cuando el ángel hubo pasado, el palestino apretó el gatillo. En ese mismo momento, un blanco mató a un negro en Alemania, un negro mató a dos blancos en Sudáfrica, un joven desequilibrado hizo una carnicería en una universidad estadounidense con el fusil que le habían regalado al abrir una cuenta corriente, un grupo de leñadores clandestinos mató a cinco miembros de la tribu amazónica awá, un iraní mató a un iraquí, un iraquí mató a un iraní, un paquistaní lanzó ácido a la cara de su mujer que había mirado a otro paquistaní, un brasileño mató a una anciana intentando robarle el bolso, un terrorista del Frente Al-Nusra mató a doce civiles e hirió a otros cuarenta y tres en un atentado suicida en el mercado de Damasco, y un peruano depresivo se tiró desde lo alto de un edificio de ocho plantas, sin dejar su poncho ni su flauta, y aplastó a dos viandantes que no tenían culpa de nada.

El mundo volvió a la normalidad.

Pero jamás se podrían borrar esos tres minutos de paz total durante los que no se había registrado ningún muerto. Ni siquiera una muerte natural. Los ancianos y los enfermos se contuvieron apretando los dientes, como quien retiene un estornudo para no despertar a un bebé que duerme.

Y la hazaña de la joven cartera no solo había tenido consecuencias en la mente y el corazón de los hombres y las mujeres que pueblan nuestro hermoso mundo, sino también en su cuerpo, esos trozos de carne que los hacen más humanos, vulnerables, y que llevan a todos sitios con ellos. Porque no era exagerado decir, y la prensa internacional no se privó de decirlo, que ese día, en todas las esquinas del globo, fueron numerosos los que, viendo a Providence en sus televisores volar para ir en busca de su hija, se curaron de sus enfermedades. De sus cánceres, sus leucemias, sus corazones rotos.

Y eso también volvió a la normalidad.

Ajena a todo eso, Providence, para ahorrar fuerzas, se había cogido con una mano a la cesta del globo aerostático y agitaba el otro brazo, como los ciclistas que se agarran con una mano al coche que los patrocina.

Respondía al periodista con una sonrisa, conciliando esfuerzo y diplomacia. El Maestro Tchin Gha debía de estar hecho una furia delante de su televisor barato, en su horno de Barbès o en su gran propiedad del XVI, si es que existía. Quizá incluso estaba comiéndose su gorro del PSG. No sería más insípido que los sándwiches que devoraba. Pero entendería que su discípula estuviera desvelando al mundo entero su don. Porque era por una buena causa, no por limpiar los cristales del edificio más alto de Dubái.

La aventura de la joven se había convertido realmente en un evento que había que seguir, como el Tour de Francia, aun si ya hacía tiempo que había atravesado la frontera. Ganaría su espantoso jarrón. Y Choo Noori estaría orgulloso de ella.

Pronto el globo se alejó (o fue Providence la que se alejó de él) y la cartera volvió a encontrar su remanso de paz, su nueva casa. Esas nubes ahora eran su casa. Y agitó los brazos aún más.

Cada vez que los brazos empezaban a anquilosarse, pensaba en Zahera y el dolor se hacía más soportable. Cada segundo que pasaba la acercaba a su hija, cada aleteo con los brazos, cada ciudad sobrevolada, cada río, cada nube atravesada. Era increíble estar ahí arriba. Mágico. Tenía la impresión de estar soñando, pero las sensaciones eran muy reales.

De repente, un ruido sordo, imponente, la arrancó de sus pensamientos. Un avión azul y blanco se acercaba a ella. Tenía grandes letras estampadas en el fuselaje: UNITED STATES OF AMERICA. Se paró a su altura, como los barcos piratas que se acercan para librar un combate en las películas. El avión estaba tan cerca que pudo ver a los pilotos masticando chicle tras los cristales de la cabina. En el océano habría nadado en compañía de los delfines, ¡en el aire nadaba entre los globos y el *Air Force One*! Todos los demás aparatos estaban clavados al suelo, solo un avión había sido autorizado a surcar el cielo: el que transportaba al presidente de Estados Unidos.

Puesto que no estaban a mucha altura, la puerta del aparato presidencial se abrió sin que nadie fuera aspirado como una ostra. Dos hombres vestidos de negro cogieron a Providence por la cintura y tiraron de ella. La joven francesa se deslizó por la abertura y, sin que nadie le hubiera preguntado, se encontró con un vaso de whisky con dos hielos en la mano.

Así fue como la pequeña cartera del suburbio sur de París conoció al hombre más poderoso del mundo. Justo después del Maestro Tchin Gha, por supuesto.

A pesar de su inmenso poder, Obama era un hombre sencillo. Como cualquiera, cuando estaba en casa (o en su avión, lo que era un poco lo mismo), prefería sustituir sus zapatos de charol por unas confortables pantuflas rojas con la cara de Homer Simpson. Así pues, vestido con los colores de su país, traje azul marino, corbata blanca y zapatillas escarlata, el hombre de Estado recibió a la joven francesa con una gran sonrisa en los labios.

—*My dear Providence, I jumped right away in my Jumbo the very moment I...*

Una rubia de dientes blancos apareció como por arte de magia a su lado y comenzó a traducir...

—Mi querida Providence, salté a mi Jumbo en cuanto oí hablar de su hazaña. En este mismo momento debería estar camino de Grecia para inaugurar los Juegos Olímpicos y, más concretamente, la prueba de lanzamiento de huesos de cereza, en la que el equipo francés, me han dicho, es el favorito. ¿Es cierto que sus chándales están tejidos con roquefort? Encima de que los franceses no huelen demasiado bien… (Esto me ha dicho que no lo traduzca, pero no he podido evitarlo.) En fin, he querido verla volar con mis propios ojos. Lo que está haciendo es bonito y loable. Vamos, es fantástico. Como habría dicho Neil Armstrong, «Es un pequeño aleteo de brazos para un hombre, bueno, una mujer, pero un gran aleteo de brazos para la humanidad». Lástima que sea una francesa la que lo ha conseguido primero. (Esto también me ha pedido que no lo traduzca, pero es más fuerte que yo.) La felicito en nombre de los Estados Unidos de América. ¡Por su primer vuelo! La condecoro con la medalla americana de la paz. ¿Qué tiene que ver la paz y su acto? Nada, pero es la única medalla que me queda. Tengo almacenes llenos. Imposible gastarlas.

—Imagino que esto también le ha pedido que no lo traduzca.

—No, ¿por qué?

Barack Obama sacó un pequeño trozo de tela azul y blanca en forma de estrella del cofre que le tendía otra rubia de dientes blancos, aparecida también como por arte de magia, y lo colocó en la parte de arriba del biquini de Providence. Luego la besó con emoción en las dos mejillas.

—*Thank you* —dijo la francesa, honrada y al mismo tiempo preocupada por que ese nuevo peso supusiera un problema para su vuelo.

Los dos hombres de negro del Secret Service la agarraron de nuevo con gesto firme y la acompañaron hasta la puerta del avión. Allí le desearon buen viaje y la lanzaron al vacío antes incluso de que pudiera gritar «Jeronimooooooo».

Providence tardó unos segundos en encontrar su ritmo de crucero. Y cuando lo consiguió, un nuevo ruido ensordecedor resonó en sus oídos. De nuevo un avión, este blanco con las palabras RÉPUBLIQUE FRANÇAISE estampadas en el fuselaje, voló a su altura como lo había hecho unos minutos antes el bólido americano.

Los aeropuertos no están cerrados para todos, pensó la joven.

La puerta delantera de la aeronave se abrió y dos fuertes manos la atraparon. Antes de poder decir ¡uf!, se encontró delante de François Hollande, jefe de los franceses.

—¿Soy el primero? —preguntó sin más preámbulo.

—Sí, señor presidente —mintió Providence.

—Bien —suspiró, aliviado—. ¿Antes incluso que Obama?

—Antes incluso que Obama.

—Estupendo. ¿Sabe? Salté a mi avión *Air France One* en cuanto me informaron.

—No lo dudo, señor presidente.

Si ella hubiera sido presidente, también habría saltado, hace tiempo, a su *Air France One* para ir en busca de su hija. Pero bueno, la plebe debía contentarse con aprender a volar aleteando con los brazos como los pollos en los videojuegos inventados por genios.

Al igual que su homólogo americano, la felicitó, sin la ayuda de ninguna intérprete rubia de dientes blancos, y la condecoró con la medalla del mérito. ¡Hala! Un pequeño copo de tela azul enganchado en el biquini.

—Gracias, señor presidente, me siento muy honrada.

—¿Qué es esta medalla americana?

—¿Dónde?

—¿Dónde va a ser? ¡En su sujetador!

—¡Ah, eso!

—¡Parece la medalla americana de la paz! ¡Me había dicho que yo era el primero!

Parecía más perdido que Adán el día de la Madre.

—¡Sí, claro, es usted el primero!

—¡Explíqueme entonces cómo es que lleva la puñetera medalla de Obama en las tetas!

Cuando el presidente francés se enojaba tenía esa horrible propensión a ser ordinario. Viendo que la situación se complicaba, su consejero se acercó y lo calmó con sabias palabras.

—Discúlpeme, señorita Dupois. Estoy un poco nervioso últimamente. Entiéndame, mi popularidad está a punto de tener menos valor que el peso argentino.

Después sonrió y besó a Providence.

Antes de que pudiera decir «Supercalifragilisticoexpialidoso», los grandes brazos cogieron a la Mary Poppins de Correos por las caderas y la reenviaron a las nubes, con el corazón lleno de orgullo y el biquini con el peso de una condecoración más. Nunca sabría qué había dicho el consejero a su presidente para tranquilizarlo. Secreto de Estado.

Y a propósito de consejeros, de presidentes y de secretos de Estado, el cortejo político siguió. En el cielo, asistiríamos pronto a un verdadero desfile de Boeings y de Airbus oficiales. La flor y nata de los estados del mundo entero no quería dejar pasar sin más a la «mujer voladora». Todos iban a estrecharle la mano y condecorarla. Rajoy, el presidente del gobierno español, con su medalla de chocolate, prueba de la crisis económica; Putin, con un pasaporte a nombre de la joven para el caso de que fuera tentada por la nacionalidad rusa, y la canciller alemana, curiosa por ver ese bonito biquini de flores de cerca y, de paso, saber si podría encontrarlo en talla grande. El universo entero consideraba extraordinario aquel hecho. Y lo era. Providence se convirtió en un hada que iba a socorrer a su hija a golpe de alas.

De nuevo sola, se dio cuenta de que acababa de encontrarse con los grandes del mundo. Obama, que olía a dentífrico; Putin, que olía al papel de los billetes, y Hollande, a queso y ajo, como buen francés. Ahora tenía la sensación de que los conocía como a viejos amigos.

Pero no solo se iba con los olores.

Su biquini estaba más cargado de condecoraciones que el anorak de un chaval de diez años inscrito en una escuela de esquí de Chamonix. Tenía tantas cosas que contarle a Zahera cuando se vieran…, si no las había visto ya por internet. Ojalá fuera así. De ese modo entendería su retraso. Su primer día como madre y ya la decepcionaba. ¡Qué vergüenza!

Pronto, la joven avistó el agua. Reflejos plateados. Millones de conchas nacaradas. Unos cuantos kilómetros entre dos pedazos de tierra. Buena señal. Un estrecho. El de Gibraltar. No estaba lejos.

El sol seguía brillando y descendía con lentitud. Guiándola como un compañero fiel, no le había quemado las alas como a Ícaro.

La tierra reapareció enseguida. Estaba en Marruecos.

La tierra prometida. Inició el descenso como si fuera, ella misma, un avión. Imaginó el comunicado. «Plieguen sus mesitas y pongan sus asientos en posición vertical.» En unos minutos sobrevolaría Marrakech. Un poco al este se encontraba el hospital, un gran edificio blanco perdido en medio de una enorme alfombra amarilla, entre el desierto y las montañas.

Pero ahora que descendía hacia la superficie de la Tierra vio dibujarse delante de ella las curvas de un elemento misterioso.

Se estremeció. ¡Cambia de rumbo!, se dijo, ¡cambia de rumbo, rápido! Los monjes tenían razón: se parecía al gorro de un cocinero y, al mismo tiempo, a una coliflor gigantesca.

Todo había sido demasiado bonito para durar.

En su precipitación por cambiar de rumbo y evitar el cumulonimbo amenazador, la nube con dos bombas nucleares, la nube-lavadora, Providence se metió en una bolsa de aire descendente que la empujó hacia el pico intimidante de una montaña que se acercaba a ella a una velocidad prodigiosa. En esquí, cuando uno ve que el abeto se le echa encima, acaba con el culo en la nieve. En el cielo pasa lo mismo.

Cargada de medallas como un viejo combatiente el día de la fiesta nacional, o como un dictador sudamericano en activo, se hundió y no fue capaz de controlar su vuelo. La vanidad pudo con ella.

Como una ola lanza el cuerpo de un nadador sobre la costa escarpada, la corriente de aire propulsó a nuestra cartera en dirección al suelo con una fuerza terrible. Se había convertido en una muñeca de trapo dócil y vulnerable en manos de los elementos. Demasiado frágil para poder resistirse a tal empujón, se estrelló contra la copa del primer árbol que pasaba por allí.

CUARTA PARTE

Fin de la ruta a lomos de un camello

A unos kilómetros de allí, Zahera libraba una encarnizada lucha contra otra nube. Prisionera de sus cadenas de tubos de plástico, la niña parecía dormir plácidamente en un ataúd de cristal. Sumida en un coma artificial por los médicos con el fin de aliviar su sufrimiento, esperaba un trasplante que seguramente nunca llegaría. Era lo más probable. Que esa espera resultara en vano y que Zahera se fuera lentamente. Que su exigua respiración se enlenteciera poco a poco hasta pararse.

En unas horas ya no existiría. No volvería a llenar el gran dormitorio del hospital con sus risotadas, su juventud, su vitalidad. Ya no jugaría, ya no llenaría sus cuadernos con anécdotas increíbles sobre el mundo. No volvería a llenar su cabeza de sueños y ambiciones; sus ojos, de estrellas; su corazón, de amor. Solo llenaría un vacío. Solo llenaría una caja de madera de unas decenas de centímetros en un rincón del desierto. Solo llenaría la pena inconsolable de su nueva madre. Desaparecería tan rápido como uno aparece en una Polaroid o como desaparecen los trenes que nos llevan lejos del andén donde quedan nuestros seres queridos. Solo llenaría los recuerdos de los otros. Ya ni siquiera su cuerpo llenaría.

En un instante, esa princesita de ojos negros sería brutalmente desprovista de la envoltura carnal de alquiler que le habían dado al nacer, solo para unos años. En un instante, sería desprovista de esa alma que durante su existencia la había hecho amar, soñar, odiar, temer, tener calor, tener hambre, que la había llevado a ser lo que somos. Que la había hecho humana. Esa bonita raza a la que pertenecemos nosotros, los habitantes de la Tierra. Nosotros, esos seres raros de todos los colores, con brazos, piernas, cara lisa o arrugada, cabeza peluda, vientre más o menos plano, sexo colgante, ojos secos o húmedos, rasgados o grandes y corazón palpitante.

Ese pequeño cuerpo no conocería nunca los besos y las manos de un hombre enamorado, el goce, el orgasmo, la vejez. Era una obra incompleta.

Traemos niños para que se hagan fuertes, grandes, invencibles, para que nos superen, para verlos crecer, para que tengan una vida larga y bonita, y luego mueren al cabo de unos pocos años, antes que nosotros. Nueve meses para venir al mundo, un segundo para dejarlo.

En un instante, el contrato de vida temporal de Zahera llegaría a su fin y tendría que dejar su lugar en este mundo. Lavarían sus sábanas, sacudirían un poco su colchón y prepararían la cama para una nueva paciente, como si nunca hubiera pasado nada, como si nunca hubiera existido. La vida seguiría su curso allí, sin ella. Era injusto desaparecer así, sin dejar rastro. Incluso el más insignificante de los caracoles dejaba algo detrás de él, aunque fuera un largo y viscoso reguero de baba.

—Cuando la miro, veo a mi hijita —dijo uno de los dos médicos que estaban a su lado—. Ahora lo único que deseo es volver a casa, cogerla entre mis brazos y decirle lo mucho que la quiero. Solo quiero pasar tiempo con ella. Disfrutar de cada momento con ella.

Los dos hombres vieron los párpados de la niña estremecerse.

Viéndola allí, tumbada en esa cama, nunca habrían imaginado que en su sueño pudiera estar tan lejos, en ruta ya hacia la China, en un tren a toda marcha.

Zahera abrió su mochila. Solo llevaba una manzana verde, una botella de agua y un paquete de diez cuernos de gacela que había robado de la cocina del hospital. Pocas provisiones para un viaje tan largo. Pero se reabastecería en cuanto pudiera. Era una luchadora («las Zahera luchan con fuerza por su felicidad y por la de la humanidad»). Aunque robar no estuviera bien, la felicidad de la humanidad justificaba, a veces, el robo de una manzana. Alá, su creador, no le reprocharía esa insignificancia.

La pequeña limpió la fruta con las manos y la mordió con fuerza. El zumo azucarado estalló en sus labios cubriéndolos de un barniz brillante. ¡Qué bueno era comer! Se había ido del hospital sin haber comido nada, rápidamente, sin hacer ruido, cuando una oscuridad profunda invadió el edificio. Esperó a que todo el mundo durmiera profundamente en el gran dormitorio, se deslizó hasta la cocina con paso sigiloso, y luego se marchó.

Era la primera vez que se iba. La primera vez que se sentía libre de ir a donde le pareciera.

Para su sorpresa, el Orient Express, el mítico tren que había conocido por casualidad en sus búsquedas por internet y del que admiraba su estética y su maquinaria, la esperaba al final del largo camino de piedras que llevaba del hospital a la gran carretera, serpenteando entre las dunas del desierto. Nunca había leído que el tren pasara por allí, por esa parte del mundo, pero no quería saber nada más por miedo a hacerlo desaparecer. Al fin y al cabo, mejor para mí. Montó y se instaló en un compartimento donde un señor anciano, de aspecto asiático y vestido de forma ridícula con un bombín, degustaba una sopa con una pajita en una caja de cartón. Poco después el tren arrancó, en un silencio religioso, y se alejó de ese funesto lugar.

En ese momento, Zahera masticaba su manzana verde mientras el hombre seguía sorbiendo lentamente su sopa. Feliz sinfonía de estómagos llenos o llenándose. Mientras los pechos se vacían. Porque la pequeña se daba cuenta de que la nube ya no la molestaba. Respiraba con normalidad. La respiración corta y profunda de Darth Vader por fin la había abandonado. Ese suspiro venido de ultratumba se había ido. La nube había abandonado sus entrañas como un cangrejo ermitaño su concha.

Con el rabillo del ojo vio que el anciano sentado delante de ella la observaba por encima de sus gafas y su pajita. Dándose cuenta de que había llamado su atención, dejó con cuidado la caja de cartón en el asiento vecino, se secó la comisura de los labios con un pañuelo de seda blanco que sacó de un bolsillo secreto de su chaqueta de tweed y le sonrió.

—¿Adónde vas así, tú solita?

La niña dudó. No corría peligro si le decía su destino.

—Voy a ver las estrellas.

—¿Y crees que este tren es el mejor medio? —preguntó el hombre, divertido—. ¿No sería mejor un cohete para tu extraño propósito?

Para sorpresa de Zahera, el asiático hablaba árabe. Un árabe bueno, sin acento.

—No, voy a visitar el sitio donde se fabrican las estrellas.

—¡Ah! ¿La fábrica de estrellas? Claro, claro… ¿Y dónde se encuentra eso?

—Está en China —respondió la pequeña marroquí, extrañada de la ignorancia del adulto.

—China es un país muy bonito. Quizá no fabriquemos estrellas, pero fabricamos tipos como yo.

—¿Usted es chino?

—¿Acaso no se ve? —preguntó el hombre levantándose las gafas para dejar bien a la vista sus ojos rasgados; luego le guiñó un ojo—. Y si aún dudas…

Tendió la mano abierta hacia ella. En la palma se podía leer una inscripción grabada en la propia mano.

—«Made in China» —leyó Zahera.

—Significa «fabricado en China».

—Lo sé —respondió ella; omitió contarle la historia de Rachid y enseñarle el trozo de estrella que llevaba envuelto cuidadosamente en un calcetín.

—China es un país bonito. Pero viajas bastante ligera de equipaje para ir tan lejos. Al menos tendrás dinero.

—No. Solo una botella pequeña de agua y un paquete de cuernos de gacela.

El viejo meneó la cabeza lentamente. ¿Sabría, por lo menos, lo que era un cuerno de gacela? Metió la mano temblorosa en un maletín de cuero que había a su lado, sacó una hoja de papel y se la tendió.

—Toma, esto debería ayudarte en tu viaje. Es un dibujo que hice hace unos años, cuando aún sabía dibujar... Soy un artista conocido y apreciado en mi país. Di que es mío y te darán un buen dinero por él.

La pequeña dio la vuelta a la hoja, una vez, dos veces. Pero estaba completamente virgen.

—¿Qué es? —preguntó, intrigada.

—¿No lo ves? Es el mar sin barcos.

—Ah...

Para no parecer maleducada, Zahera hurgó en su pequeña mochila y sacó un bloc, arrancó una página que fingió haber elegido concienzudamente y le dio un dibujo a cambio. El hombre observó el anverso y luego el reverso con gran interés. Los dos lados estaban blancos como la nieve.

—¿Y esto qué es? —preguntó, intrigado.

—Es el cielo sin nubes —replicó la niña con una sonrisa—. No debe de valer demasiado. Pero es un cielo sin nubes... Y eso, que lo sepa, es mucho para mí...

En ese momento una voz anunció que el tren entraba en la estación de Pekín. Habían pasado cinco minutos desde que dejaron el desierto marroquí pero eso no pareció extrañar a nadie. Zahera se echó la mochila al hombro y se despidió del hombre, que la saludó levantando su sombrero.

Cuando bajaba del tren la niña se dio cuenta de que ni siquiera le había preguntado cómo se llamaba, con lo cual no podría sacar ni un solo yen por su dibujo. La página en blanco más cara del mundo.

China se parecía a todas las fotos que había visto en internet. Pekín era una ciudad con prisa, superpoblada, de colores vivos y que olía a especias. Si China era el país de las estrellas, también lo era de las bicicletas. Encontró una sin cadena, verde cromada, apoyada en una verja al fondo de un patio, dejó un cuerno de gacela en su lugar, como compensación, y se adentró en el tráfico con la habilidad de una autóctona.

El hormigón dejó pronto paso a los campos de arroz húmedos y verdes. La fábrica estaba solo a unos kilómetros. Los recorrió en diez pedaladas. Ni una más, ni una menos. Las contó. Sin guía, sin plano, sin GPS, como si hubiera hecho eso cada mañana y cada tarde.

Al llegar delante de un inmenso establecimiento que reconoció en el acto como La Fábrica de Estrellas, dejó la bicicleta en el suelo y entró con paso rápido. Allí, centenares de chinos, enfrascados en esculpir a golpe de cincel bolas perfectas a partir de un material no identificado gris antracita, se giraron y la saludaron a coro.

Enseguida le proporcionaron un intérprete francochino para enseñarle la cadena de producción. Grandes camiones, procedentes de una ruta secreta, vertían cada minuto toneladas de minerales en una inmensa pila. Una pinza de hierro los rompía y una cinta mecánica llevaba la materia prima a los talleres. Allí esculpían bolas perfectas y luego las untaban con un producto químico que emitía radiaciones luminosas en la oscuridad. «El color de la luz empleada es el Q786, estilo faro de coche», precisó el intérprete sonriendo. De hecho, allí todo el mundo sonreía. Los chinos trabajaban duro. Trabajaban como chinos. Y sin quejarse nunca, se pasaban el día grabando la piedra con una sonrisa, felices de su suerte en ese maravilloso país.

Zahera les agradeció entonces, como se había prometido, que iluminaran el cielo de su desierto tan lejano cuando llegaba la noche. Que iluminan a su pueblo. Y dio, al que parecía ser el jefe de los chinos, el dibujo del viejo de la sopa. «El mar sin barcos», dijo, pero el jefe no parecía conocerlo. «Qué más da, este dibujo vale millones», añadió ella. Entonces el jefe se inclinó humildemente y guardó la hoja de papel virgen en el gran bolsillo de su toga negra como si se tratara de un tesoro.

Continuaron la visita.

En el penúltimo taller se imprimía, con tampón y martillo, y con un golpe vigoroso, el famoso *Made in China* que había hecho que la niña se encontrara ese día allí. Pero la última etapa era, con diferencia, la más interesante, pues consistía en propulsar las bolas luminosas por todo el universo, para que alumbrasen el mundo. Con el fin de que lo viera más de cerca, el intérprete invitó a Zahera a que se colocara, con una estrella en los brazos, en uno de los gigantescos cañones dirigidos hacia el cielo. Y, en menos tiempo del que hace falta para escribirlo o soñarlo, la pequeña se encontró flotando en el espacio con su astro en los brazos.

No tuvo tiempo de admirar el espectáculo del planeta azul en la distancia. Una mano la atrapó por detrás y la lanzó a lo que reconoció como la Estación Espacial Internacional. Vestida de repente con un traje de astronauta, se encontró ejecutando cabriolas en ingravidez para coger cacerolas. Era el único sitio del universo en el que sus coletas apuntaban hacia arriba, a la manera de Pippi Calzaslargas.

Zahera miró a través del cristal empañado del horno. Nunca había visto un suflé tan alto. Luego cascó dos huevos en la cacerola que acababa de coger, apartó las yemas y comenzó a batir. Sin el más mínimo esfuerzo y en pocos segundos, las claras estaban a punto de nieve. Una isla flotante vaporosa desbordó el recipiente como un sombrero de copa.

—El Ramadán empieza mañana —dijo un astronauta flotando hasta Zahera.

La niña se giró y vio que un árabe en traje naranja hincaba el diente en su pastel con mirada maliciosa.

—Acumulo reservas —se justificó él—. ¡Felicidades, está muy bueno!

—¿Quién es usted?

—¡Ahmed Ben Boughouiche, el primer astronauta marroquí, a tu servicio! Si no me equivoco, tú debes de ser Zahera, la primera pastelera espacial…

La pequeña se enderezó orgullosa. Una postura difícil de mantener en ingravidez.

—Sí, soy yo. Pero prefiero decir pastelera-astronauta o

marroquinauta. ¿En el espacio también se respeta el Ramadán?

—¡Claro! —respondió el hombre con una cabriola.

Y fue a buscar *Ramadán espacial para dummies*, un pequeño libro negro y amarillo de una veintena de páginas que estaba atado con velcro a una estantería.

—¿Ves? Este librito ha cambiado mi vida —dijo él—. Se ha convertido en mi mejor amigo en el espacio.

—¿Ah, sí?

—Tengo que admitir que nunca había imaginado que un día me preguntaría, a la hora de la oración, cómo se orienta uno hacia La Meca… ¡desde una estación espacial!

—…

—Y aparte, ¿has intentado ya arrodillarte en ingravidez?

El hombre se retiró el flequillo hacia atrás, dejando a la vista una antigua cicatriz.

—Mi cabeza conoce cada esquina metálica de esta lata de conservas —prosiguió—. En fin, para que veas que este libro es mi tesoro. Ya te digo, mi mejor amigo en el espacio.

—¿Y yo? ¿Podría convertirme yo también en su mejor amiga del espacio? —preguntó Zahera.

—Eso solo depende de ti.

—¿De mí?

—De ti y de tu nube. Eres bienvenida y puedes quedarte todo el tiempo que quieras en esta estación espacial, por supuesto, sobre todo si es para prepararme postres tan ricos. Pero, entre nosotros, preferiría que lucharas,

Zahera, que vencieras a esa nube que hay en el fondo de ti y que salieras del coma…

En ese momento, trescientos kilómetros por debajo de ellos, en un pequeño hospital marroquí, el fuerte silbido de una máquina que había al lado de una niña dormida sobresaltó a los dos médicos que se hallaban a su cabecera y difundió por los pasillos y por el mundo un funesto presagio.

Situación: algún lugar entre el desierto y el cielo (Marruecos)
Corazón-O-metro®: 15 kilómetros

Un tufo a ajo sacó a Providence de su letargo haciéndole
agitar las aletas de la nariz hasta el límite de lo soportable.
Era más fuerte que ella. Ese olor pernicioso, que tanto
aborrecía, asaltó hasta el mínimo poro de su piel y la despertó bruscamente. Un cubo de agua fría no habría sido
más efectivo.

Su primer reflejo fue comprobar si conservaba, atrapado entre la braguita del biquini y la piel, el frasquito
que el padre superior le había dado. Intentó moverse,
pero su mano permaneció inmóvil, prisionera de una
fuerza invisible. Pensó que debía de haberse roto algo en
la caída, que se había dislocado el hombro, pero pronto se
dio cuenta de que lo que la paralizaba no era otra cosa
que una cuerda. Estaba maniatada, con las manos en la
espalda, a un poste clavado en la tierra. Cerró los ojos y
volvió a abrirlos al instante. Eso hizo que la fina película

de líquido lacrimal que le nublaba la vista se disipase. No, no estaba soñando. Se encontraba en la cima de una bonita montaña, la luna no se había levantado aún y... había sido secuestrada por bereberes.

—¡Bereberes!

—Chleuhs —creyó necesario precisar el hombre que estaba sentado delante de ella, echándole su aliento de dromedario a la cara—. Nuestro pueblo se extiende desde el Atlas hasta la planicie de Souss.

El potente olfato de la joven le decía que lo último que el salvaje se había llevado a la boca era un ragú de cordero a las finas hierbas, con pimientos y una pizca de limón, dátiles, un té a la menta y... un culo de cabra... Era curioso cómo se podía conocer a la gente solo con olerla.

—¿Chleuhs? —repitió Providence, aturdida.

—Sí, chleuhs —repitió el hombre son marcado acento francés.

Tras él se erigían algunas tiendas de piel. Pero no había nadie más aparte de ellos dos. La situación no pintaba demasiado bien.

—¿Por qué estoy atada? —exclamó la francesa tirando de sus ataduras, lo que las apretó aún más.

El hombre paseó un dedo por encima de su barba de tres días y se humedeció el labio superior con un golpe de lengua sonoro.

—No suelen verse gacelas tan bellas por estos parajes...

Ya está, después de la apendicitis, acababa de caer en el temor número 2 de su vida: que la raptaran. Antes de cada viaje, que normalmente hacía sola, sus allegados tenían la fea costumbre de prevenirla acerca de esos «ladrones de mujeres» que actuaban con total impunidad en todos los países bárbaros y salvajes a los que Providence tenía la inconsciencia de ir. En Tailandia y en Arabia, había que evitar los probadores de las grandes tiendas, porque te esperaban allí, con algodón y cloroformo, para dormirte, te encerraban en una caja y aumentaban así las estadísticas de las redes de trata de blancas. En Marruecos, eran las montañas lo que nunca debías recorrer sola, porque los saqueadores del desierto te atrapaban, te violaban y te vendían al primero que llegara a cambio de un número de camellos proporcional a la belleza o inversamente proporcional al carácter (cuanto más carácter, más barata). Era algo sabido, los mercados de esclavos estaban llenos de rubias con tacones de aguja que tuvieron la mala ocurrencia de ir a hacer pipí tras unos matojos durante una pausa del autobús de camino a Uarzazate.

Providence acababa de caer en la antecámara del infierno, en uno de esos campamentos improvisados donde los hombres, tristemente solos, babeaban viendo el culo de las cabras. No osó imaginar qué pasaba cuando se cruzaban con una joven guapa como ella perdida en el desierto en biquini.

—¿Qué ha hecho con mi frasco? —dijo ella para desviar la atención del viejo pervertido que la devoraba con los ojos.

—¿El frasco?

—Sí, el frasco que estaba aquí.

Señaló con el mentón el lado derecho del bañador, a la altura de la minúscula cicatriz de la apendicitis, pero se dio cuenta de que esa no era la mejor forma de desviar la atención de aquel salvaje. De paso se percató de que ya no llevaba ninguna condecoración de las que los jefes de Estado habían enganchado en el sujetador de su biquini. Debían de haberse soltado en la caída. Y las que no se habían soltado debían de haber acabado en los bolsillos de piel de camello de los ladrones del desierto atraídos por todo lo que brilla.

—Olvide el frasco. ¿Está usted solo?

Le hablaba como a un nuevo amigo que hubiera hecho en Facebook. No tardaría en hablarle del tiempo, y quizá incluso del precio de la gasolina, los dos temas de conversación predilectos de los franceses.

—Estaba cazando con los otros, pero tu olor me atrajo hasta ti, mi bella gacela. Parece que he encontrado la cena antes que los demás…

Puso una mano en el hombro de Providence y con la otra comenzó a bajar el tirante del sujetador de su biquini. La joven se agitó en todos los sentidos para deshacerse del chleuh, pero las ataduras estaban demasiado apretadas y el hombre tenía mucha fuerza.

Intentó volar, pero su trasero no se levantó ni un solo milímetro del suelo polvoriento sobre el que estaba sentada. ¿Era cuestión de concentración? ¿Era porque no podía agitar los brazos? Necesitaba mucha más fuerza para poder llevarse consigo ese poste firmemente clavado en la tierra. Y pedir socorro no valía la pena. En pleno día en el metro abarrotado de París no servía de nada, así que en el desierto… Lo que significaba que la partida estaba perdida de antemano.

Los ojos del hombre se iluminaron cuando descubrió un pecho de la bella gacela. Lo acogió entero en su mano de dedos ásperos y rugosos y lo sopesó un instante, satisfecho de su pequeño tamaño y de su peso. Satisfecho de su textura y de su calor. Solo pensaba en una cosa: metérselo entero en la boca.

Se inclinó hacia ella.

Para sorpresa de Providence, no era el salvaje el que emanaba ese insoportable olor a ajo. Identificaba con claridad, en la melodía de olores que desprendía el hombre, trazas de excremento, queso, pimiento, fuego y cabra. Un poco de todo, pero nada de ajo.

—Creo que caeré rendido de amor —dijo él sonriendo.

Y cayó sobre la joven con todo su peso, pero no de amor sino fulminado.

Detrás del salvaje del desierto que acababa de desmoronarse justo a sus pies, se encontraba otro hombre.

Un hombre que no era salvaje, ni del desierto.

Un hombre que era la causa de la palpitación de su pequeño corazón.

Léo estaba de pie, vencedor y grande, con un plato de tajín en la mano.

—¡Y un plato de tajín para el señor! —exclamó como si fuera un camarero de un bar parisino.

Luego dejó caer al suelo el recipiente de cerámica con el que acababa de golpear al marroquí.

—Creo que realmente ha caído rendido de amor…

—Sí, al menos por una media hora —precisó el controlador aéreo agachándose delante de Providence y subiéndole púdicamente el tirante del sujetador.

Se puso detrás de ella y desató el nudo.

—¿Qué haces aquí, Léo? —preguntó, estupefacta, pasando por primera vez del usted al tú.

Después de todo, acababa de salvarle la vida. Habían dado un paso más en su intimidad.

Y como la primera vez que ella le llamó «Léo», un dulce escalofrío de placer recorrió al joven.

E s cierto —dijo el peluquero con la cara atravesada por un gran signo de interrogación—, ¿qué hacía usted allí? ¿Qué hacía usted en pleno desierto?

Léo dudó.

—Eso es exactamente lo que Zahera me preguntó. En fin, con otras palabras.

—¿Zahera?

—Sí, la pequeña a la que Providence iba a buscar.

—Ya sé quién es Zahera, hace una hora que me habla de ella. Pero ¿qué pinta ella ahora aquí?

—En realidad, usted es la segunda persona a la que cuento todo esto. La primera fue Zahera.

—¿Y…?

Frente a la mirada llena de reproches del anciano, dudé.

—Pues, nada —terminé por decir.

—En ese caso, volvamos al tema. ¿Qué hacía usted en medio del desierto?

—Debí decírselo antes, pero quería aprovechar el efecto sorpresa.

—No quiero efectos especiales, señor Fulano…

—… me llamo Mengano —interrumpí.

—Quiero la verdad. Se lo dije. La verdad, solo la verdad.

—Bien. Estaba allí, eso es todo.

—¿Cómo que «estaba allí, eso es todo»? ¡A dos mil kilómetros de Orly!

—Fui en avión.

—Todos los aviones estaban en tierra.

—No todos. Acuérdese de los aviones de los jefes de Estado.

—¿Se subió en el *Air France One*?

—No, no.

—Entonces ¿en el *Air Force One*? ¿Con Obama?

—¡No!

—¡No me diga que fue en el de Putin!

—¡Ya vale! Déjelo, ¿de acuerdo? ¡No es una adivinanza! No me monté en ninguno de esos aparatos. Cogí mi avioneta. Un pequeño bimotor Cessna, un caprichito que me regalé de segunda mano después de sacarme la licencia de piloto privado. Suelo cogerla los fines de semana o durante las vacaciones para dar una vueltecita en el aire y olvidar los problemas. Es curioso cómo olvidas los problemas cuando estás allí arriba. Imagino lo que debió de sentir Providence nadando libremente entre las nubes. Debió de ser fantástico.

El anciano se golpeó la frente con la palma de la mano, como si acabara de acordarse de algo importante.

—Si tiene una avioneta, ¿por qué no acompañó a Providence a Marruecos?

—Porque hasta ese momento estábamos en la realidad. Quiero decir, una realidad palpable. No creí ni por un segundo que esa mujer pudiera subir al cielo con la fuerza de sus brazos. Póngase en mi lugar.

—Cuando quiera. Pero si intercambiamos también el sueldo…

—Una chica entra en mi torre de control, me pide que la lleve a Marrakech y yo le contesto: «Sí, sí, sin problema, espere, cojo las llaves del avión». Sea serio por dos segundos. Infringir la ley y desobedecer la prohibición de volar en el espacio aéreo quedaba fuera de lugar.

—Y, sin embargo, fue lo que hizo…

—El asunto tomó otra dimensión cuando vi con mis propios ojos a Providence elevarse hacia el cielo. Fui espectador privilegiado de ese increíble evento. Y puedo decirle que no había hilos, ni grúa, ni truco. Era como en una película. Providence volaba realmente por el cielo como un pájaro. Un pájaro torpe, hay que decirlo. Un pollo, incluso. Y ya no había ley ni prohibición, no había superiores jerárquicos que valieran. Nada. Esa historia se convirtió en algo demasiado importante como para que me quedara allí de brazos cruzados. Estaba asistiendo en directo a un episodio único en la evolución del hombre. Acuérdese de las palabras de Obama: «Un pequeño aleteo de brazos para una mujer, pero un gran aleteo de brazos para la humanidad». ¿Se da cuenta? ¡Un ser humano volaba por primera vez! ¡Y eso estaba ocurriendo delante de mí! Mejor dicho, encima de mí. Pasado el asombro, y cuando vi que Providence no era más que un puntito en el cielo, mi corazón volvió a la carga y tuve miedo de perderla. Tuve miedo de que fuera la última vez que la veía. Y en ese instante me di cuenta de que me había enamorado. En unos segundos. Como un chaval. Así que, sin hacerme preguntas, fui a coger mi Cessna al parking y despegué. Sin preguntar la opinión ni pedir permiso a nadie. Asumí todas las consecuencias. En cierto modo, la enormidad del proyecto jugaba a mi favor. Seguí a distancia a mi pequeña nadadora de nubes. Me dije que quizá me necesitara y que, si le ocurría algo, yo estaría allí, listo para intervenir. Los ciclistas tienen su coche de avituallamiento cerca, los navegantes también. Lo vi todo de ese increíble viaje. El globo aerostático, el desfile de aviones presidenciales. Todo. Poco antes de llegar a los Pirineos, aproveché el descenso de Providence a la Tierra para hacer, yo también, una escala técnica. Ese cacharro tiene autonomía suficiente para realizar el viaje de un tirón, pero cuando salí el depósito no estaba lleno. Nunca vuelo tan lejos. Después, retomé la ruta. Como conocía el rumbo de mi cartera y ese día no había nadie más en el cielo, no fue difícil encontrarla unos kilómetros más lejos. Todo iba bien hasta que nos cruzamos con una tormenta por encima de Marruecos. Cuando vi que Providence entraba en la nube, aceleré para rescatarla y no vi venir el golpe de viento.

Léo necesitó unos minutos para volver en sí y recordar qué hacía allí, a los mandos de esa cabina humeante, en su Cessna 421C con el morro estrellado en el blando suelo de una montaña.

Repasó las últimas imágenes que precedieron al accidente. Providence empujada hacia el suelo por la nube de tormenta. Miró alrededor, pero no había rastro de la joven. Debía de haber caído unos kilómetros antes que él. Por miedo a que la avioneta explotara, salió de la cabina y se alejó de los escombros. Tenía la ropa desgarrada y manchada de sangre, pero no se había roto nada. Era un milagro. Perdido en el desierto marroquí, a miles de kilómetros de su casa, con las dos hélices de su avioneta hechas papilla, imaginó que en cualquier momento aparecería un rubito vestido de emperador y le pediría que le dibujara un cordero.

Pero fue un pequeño marroquí moreno vestido con ropa de pastor, con harapos y sandalias, el que se acercó a él. El Principito en versión árabe.

—Me llamo Qatada, soy de la tribu chleuh número 436 —dijo el chico, sorprendido de ver por esos parajes a un negro llegado de la nada—. ¿Vienes del valle del Draa, como todos los descendientes de esclavos que viven en las regiones del sur de Marruecos?

—No exactamente. Me llamo Léo y soy controlador aéreo en París.

Qatada lo miró sin comprender demasiado.

—No sé qué quieres decir, pero no hay que avergonzarse de ser descendiente de esclavos. No hay rey que no tenga un esclavo entre sus antepasados ni esclavo que no tenga un rey entre los suyos.

—Bonita frase, chico, pero mi bisabuelo era inspector de Hacienda en Pointe-à-Pitre y mi abuelo vendedor de morcillas. ¡Solo eran esclavos de sus esposas! ¡Menudas mujeres mis abuelas!

El niño pareció más perdido que un pingüino en las Antillas.

—Estoy cazando —dijo para moverse en un terreno más familiar—. Me he alejado de los adultos para seguir la pista de un *suflí*.

Al decir esto, blandió su largo bastón de caza.

—¿Un suflé?

—Sí. Se fue por allí. Me da miedo que se vaya volando.

Ese era el riesgo con un suflé. Cuanto más se hinchaba, más riesgo de que se fuera volando.

—Y tú ¿qué haces? —preguntó el niño.

—Yo... ¿no habrás visto a una mujer?

—¿Una mujer?

—Sí, como nosotros, salvo que ellas no tienen bigote —explicó el francés, que nunca se había cruzado con la policía de Orly—. Una mujer blanca, con el pelo negro y muy corto… en biquini.

—No hace falta que me la describas. No hay mujeres por aquí. ¿Qué es un biquini?

—Un bañador para mujeres.

—¿Qué es un bañador?

—Mmm… Para simplificar, digamos que está casi desnuda. Entiendes desnuda, ¿no?

—¿Una mujer desnuda? ¡Si hay una mujer desnuda por aquí, Aksim no la dejará escapar! —exclamó el niño riendo—. Las huele a kilómetros a la redonda. ¡Como a las cabras!

Tenía unos bonitos dientes y un hoyuelo en la mejilla derecha.

—Qué bonito… ¿Y dónde puedo encontrar a ese Maxim que huele a las mujeres y a las cabras a kilómetros a la redonda?

—¿Aksim? Vigila el campamento. Es un vago, no caza. Papá dice que es un parásito. Como un piojo. Lo encontrarás detrás de esos árboles de ahí.

El chico señaló un conjunto de árboles secos. Después, no queriendo perder más tiempo con el desconocido, se despidió y desapareció entre las dunas de arena en busca de su suflé.

Así es como Léo llegó al campamento chleuh y salvó a Providence dando una nueva función al plato de tajín que encontró en una de las tiendas.

Por segunda vez en su vida, la joven cartera besó al

guapo controlador aéreo. Pero esta vez, en los labios. Lo miró intensamente, como si sus ojos fueran una cámara de fotos y quisiera inmortalizar ese momento para siempre. Su corazón batía todos los récords olímpicos de velocidad en su pecho. «Mi héroe», murmuró ella, aunque fuera un poco cursi, aunque recordara un poco los diálogos de las películas románticas. Pero no era una película. Era su vida. Un momento único del que había que disfrutar, que tenía que clasificar en su álbum de momentos únicos. Luego, prisionera de ese agradable abrazo, se dejó besar a su vez con una ternura infinita, sumergida por ese olor a bondad y jabón de Marsella. Y esos malditos efluvios de ajo que no la dejaban y la perseguían allá adonde fuera.

El frasco de «nubecida» se rompió en mil pedazos y la poción de vida fue absorbida por la sedienta tierra del desierto. Puede que el precioso líquido no hubiera hecho efecto en Zahera. O puede que la hubiera curado. Nadie lo sabría. En el choque, algunos cristales se adentraron profundamente en la piel de Providence, a la altura de la cicatriz de la apendicitis.

Las oportunidades de salvar a Zahera se reducían.

Al igual que el día, que terminaba serenamente. En una hora, la luna subiría al cielo y Providence no habría cumplido su promesa.

No tenía fuerzas, sentada en el suelo polvoriento de la cima de una montaña en lo más recóndito de Marruecos. Ella, que esa mañana había bajado la basura, en su bonito barrio de las afueras de París, y había ido al aeropuerto en metro. Qué rara podía llegar a ser la vida. Miró a su alrededor y solo vio arena y roca. Tenían que retomar la carretera. Nunca había estado tan cerca y a la vez tan lejos. Podía sentir a Zahera respirar en el valle. Pero cuando pensaba dejarse caer como un vulgar saco de verduras oyó un rumor traído por el viento. Voces de hombres que hablaban en árabe. Se acercaban riendo. Providence saltó y miró a Léo, que se creía Robinson Crusoe y estaba fabricando una lanza con un trozo de madera a unos metros de ella. Alertado por el ruido, se agachó detrás de un arbusto como un animal salvaje.

Si era la tribu de Aksim, estaban perdidos. Heridos por sus respectivos accidentes, de avión y de caída desde las nubes, Léo y Providence no aguantarían mucho tiempo luchando. Y serían presas de una venganza sin piedad por parte del viejo árabe con aliento de dromedario. No dudarían en matar al joven francés para hacerle pagar su gesto.

Diez hombres aparecieron pronto montados en dromedarios, vestidos con chilabas y turbantes (los hombres, no los dromedarios). La escasa vegetación impedía permanecer mucho tiempo escondido, sobre todo a los ojos de hombres que eran expertos desde hacía milenios en el arte de la caza.

Cuando vieron a esa bonita europea en biquini delante de ellos, acompañada de ese nómada del valle del Draa vestido como un europeo, agachado y armado con una lanza, los nómadas creyeron que eran víctimas de un espejismo, como ocurría a menudo en el desierto. Esas malditas alucinaciones.

El primero levantó la mano y gritó algo. La caravana se detuvo. Providence pasó revista a toda la tropa para ver si identificaba al asqueroso de Aksim. Pero no lo encontró. Léo tampoco encontró al niño, a Qatada. Tenía la esperanza de que no fuera la misma tribu. Aunque tampoco debía de haber treinta y seis tribus por los alrededores (había ciento cuarenta y seis...).

Así fue como Providence y Léo conocieron, aliviados, a la imponente tribu chleuh número 508. Cuando les pusieron al corriente de lo que había pasado con la 436, los hombres quisieron ir a arreglarles las cuentas a esos salvajes que la emprendían con los turistas y degradaban su imagen de marca. No era de extrañar que los caricaturizasen como pervertidos desquiciados y primitivos en las películas americanas.

—¡Conozco bien a ese canalla de Aksim! ¡Menudo hijo de perra! —espetó Lahsen, el jefe del clan.

A Providence le gustaba el nombre de ese valiente jefe. Parecía el nombre de un escritor sueco de novelas policíacas.

—Sería un placer cerrarle el pico para siempre.

Pero la joven cartera lo disuadió. Porque sentía una especie de compasión por su agresor (¿se podría hablar de síndrome de Estakhalam, la versión marroquí de Estocolmo?), pero sobre todo porque no tenía tiempo. Tenían que llegar lo más rápido posible a la cabecera de Zahera.

Lahsen dijo que, por supuesto, no los dejaría en el desierto y las montañas, y que sus hombres y él los acompañarían hasta la puerta de la ciudad. Quería revalorizar a su pueblo, bello, honorable, potente y orgulloso, a los ojos de los dos franceses. No podían irse con esa imagen de los chleuhs. Dio una palmada y cubrieron a Providence con una chilaba con los puños bordados con hilos de oro para protegerla del viento fresco que empezaba a levantarse. Lahsen tenía los hombros anchos y los ojos negros como el carbón, la piel bronceada y las manos de un hombre culto. Si no hubiera sido hombre del desierto, habría sido monitor de esquí.

—Espero que no generalicen —dijo el jefe del clan—. Todos los chleuhs no son perros como Aksim.

—Ya sabe, hay tontos en todos sitios —respondió Providence—. A mí me pasa igual en Correos.

—Y a mí en la torre de control de Orly. ¡Hay buena gente pero el jefe de torre es un estúpido!

Lahsen no conocía ni Correos ni la torre de control de Orly, pero entendió lo que querían decir. Con ese encuentro, el honor de los suyos estaba a salvo.

—Pongámonos en marcha —dijo dando otra palmada.

Como si siguiera las órdenes del hombre, el sol se puso en ese preciso momento.

Así fue como Léo y Providence se encontraron cada uno sobre el lomo jorobado de un dromedario, trotando en el desierto rumbo al hospital. Era su primera experiencia, pero no se les daba mal.

—Todo esto es increíble —dijo el controlador sentado sobre su herbívoro bamboleante cuando se cruzaron con el cadáver humeante de su avioneta—. Has llegado hasta aquí volando… ¡Esta historia es una locura! Tienes que contarme cómo has aprendido a… a hacer eso…

—Si te digo que es gracias a un pirata chino, un senegalés devorador de sándwiches de plástico y dos o tres monjes de Versalles…

—O sea, sí, ¡tienes que contármelo! En cualquier

caso, has conseguido tu objetivo, Providence. Puedes estar orgullosa de ti. Yo lo estoy. Y encima, me has mostrado la vida bajo otro ángulo. No sé qué va a suponer todo esto para ti ahora. Ni para mí. —Imaginó el pollo que le montaría su jefe cuando llegara—. Pero si necesitas que te defiendan de los científicos dispuestos a todo para capturarte y encerrarte en un laboratorio, yo soy tu hombre.

—Habré conseguido mi objetivo cuando tenga a Zahera en mis brazos y cuando salgamos de este lugar fabuloso pero infernal para irnos a París.

Y sí, claro, tú eres mi hombre, quiso añadir. Pero la vergüenza se lo impidió. Se contentó con sonreírle. Montado en su dromedario, Léo parecía un caballero del desierto. Baltasar. Un guapo rey mago de la era moderna, en polo Lacoste y vaqueros. Él le devolvió la sonrisa. El sol se ponía en sus ojos.

Situación: hospital Al Afrah (Marruecos)
Corazón-O-metro®: 10 metros

La primera persona con la que se topó Providence cuando empujó la puerta del dormitorio de mujeres fue un hombre. El fisio Rachid. Era el único autorizado en esa planta porque siendo niño, en una pelea, se hirió con un tablón con clavos entre las piernas, y quedó transformado ipso facto en un remake viviente y moderno de los eunucos de los palacios de *Las mil y una noches*.

Léo pudo elegir entre quedarse en la planta baja o ir a la segunda planta. Prefirió sentarse en un viejo sofá de muelles descuajeringado, en el vestíbulo de la entrada, y en unos minutos se quedó adormilado, ajeno al drama que tenía lugar en la primera planta.

—¿Dónde está? —preguntó, inquieta, la joven francesa, que no veía a Zahera en su cama.

—Providence, tenemos que hablar. ¿Quieres sentarte?

¿Quieres un vaso de agua? Tienes mala cara. ¿De dónde sales? ¡Huele mucho a ajo! ¡Cuéntame!

—No, no quiero sentarme, y sí, huele a ajo —respondió con dificultad la cartera; no estaba acostumbrada a contestar a más de una pregunta a la vez.

Era verdad que no estaba fresca como una rosa. Era el final de la ruta. Y además llevaba la chilaba de hombre, de tela basta, manchada y que olía a dromedario. Y ese maldito olor a ajo que no se quitaba de encima desde que se despertó de su caída.

—Me estás asustando, Rachid. ¿Dónde está Zahera?

—Tuvo una crisis. Una crisis fuerte.

Ella apretó los puños.

—¿Cómo de fuerte?

—Fuerte como un coma… No voy a ocultarte que los médicos no tienen nada claro que salga de esta. Ese coma artificial era para aliviarla. Lo han provocado en espera de…

—¿En espera de qué? —le presionó la francesa.

—De un trasplante.

—¿Y?

—Y… seguimos a la espera. A la espera de que alguien muera…

—… o que Zahera muera.

El mundo se derrumbó alrededor de Providence. Los muros grises del hospital explotaron y los cristales de las ventanas volaron hechos trizas como tras el ataque de un obús de mortero. El cielo se hundió, llevándose en su caída la planta de los hombres situada encima de ellos.

Providence se dejó caer en una cama.

Su hija. Su pequeña se iba. No la había esperado. Se había dormido sin su madre a su lado, sola en un mundo que nunca le había regalado nada. Sola en el silencio de ese valle al pie de las montañas y del desierto. Sola y lejos de todo. Sola y lejos de ella.

Providence acababa de adoptar a una niña muerta, nacida muerta. Una princesita cuyos restos serían lo único que se llevaría a Francia.

Sí, los restos de ese estallido de vida. Volvería con un cuerpo al que lloraría toda su vida. Un pequeño cuerpo en una pequeña caja no mucho más grande que una caja de zapatos, a la que iría a visitar los domingos en un cementerio sin vida, gris, como ese hospital donde había vivido. La encerrarían con su nube en una caja. Una tormenta en una lata de conservas. A eso se resumiría, en definitiva, la existencia de su hija.

Los ojos de la joven se llenaron de grandes lágrimas saladas que le quemaron por fuera y por dentro. Miró su cuerpo sucio, su ropa sucia y apestosa, sus uñas negras y rotas. Se sentía como si la hubieran lapidado, mancillado. Una muerta viviente, con el cerebro y los huesos hechos papilla. Un tanque de guerra acababa de pasarle por encima. Miles de Aksims acababan de violarla sobre las piedras del desierto. Sentía un violento dolor entre las piernas y en la espalda.

Se trataba del síndrome de la ambulancia que apaga la sirena porque es demasiado tarde, porque ya no hay urgencia. Y el silencio de esa ambulancia le explotaba en los oídos.

Se odió por no haber llegado más temprano, por haber perdido el tiempo en el aeropuerto, en casa del Maestro Tchin Gha y luego en el monasterio. Odió a ese maldito volcán que había decidido escupir su veneno el día anterior. Después de doce mil años inactivo. ¿Cómo se podía tener tan mala suerte? ¿Cómo era posible?

Providence dio un puñetazo al colchón. Un puñetazo que concentraba toda su cólera y que solo hizo temblar la sábana ligeramente. En el silencio más absoluto. No le quedaban fuerzas. La mujer que vivía en esa cama le puso una mano en el hombro. Rachid también se permitió cogerla del brazo. Pero nada podía aminorar ese dolor que acababa de caerle encima como un piano de cola desde un quinto piso y que le destrozaba el cuerpo, el corazón, el alma, todo lo que hacía de ella un ser vivo, una persona. Se había convertido en un objeto, incapaz de pensar, en una piedra, en un guijarro del desierto. Su cuerpo era incapaz del más mínimo movimiento. En unos segundos, su corazón ya ni siquiera sería capaz de latir ni sus pulmones de respirar. Asistía impotente y expectante a su transformación progresiva en roca.

No había dado a luz a esa niña y, sin embargo, sentía ese dolor agudo e insoportable en el fondo de las entrañas, detrás del estómago y entre las piernas. Había perdido a su bebé. El sufrimiento le desgarraba las tripas y el abdomen. Se vio morir allí, acurrucada en esa cama desconocida, en medio del desierto, a miles de kilómetros de su casa, a miles de kilómetros de las estrellas y a unos metros de su hija.

En un último aliento de vida, se llevó las manos al vientre y, a través de la espesa tela de la chilaba, sintió los trocitos de cristal del frasco incrustados en la cicatriz de la apendicitis.

La voz del padre superior resonó entonces en sus oídos. «No sé si mi brebaje funciona. Nunca lo he probado en alguien enfermo. Pero si funciona, una sola gota bastará.»

Una sola gota bastará.

Una sola gota bastará…

Providence saltó de la cama como si el hombre invisible acabara de pegarle una patada en el trasero. Cogió a Rachid por los brazos y fijó sus ojos color miel en los suyos. El joven conocía bien esa mirada. Era la mirada de su Providence. Fuerte, determinada, luchadora. Tenía estrellas que brillaban en sus ojos húmedos y afirmaban que nada en este mundo era imposible.

—¡Tenemos que probar una cosa, Rachid! —exclamó como un muerto que vuelve a la vida—. Quizá te parezca una locura, pero tenemos que intentarlo.

El fisioterapeuta se preguntaba de qué estaba hablando. ¿Intentar qué? No había nada que intentar. La niña estaba en coma. Solo se podía esperar. Esperar a que se despertara. Quizá. O a que alguien quisiera morir para regalarle sus pulmones.

—Tienes que explicarle al cirujano que puede que tenga en mí un antídoto para salvar a Zahera.

—¿Un antídoto? Providence, sé cómo te sientes, pero

sabes perfectamente que no existe antídoto para la mucovis...

—Rachid, ahora no te puedo contar todo lo que me ha pasado hoy, pero tienes que creerme. Necesito que tengas una confianza ciega en mí y vayas a avisar al cirujano. Tengo trozos de cristal en la piel, restos de un frasco que se rompió y que contenía un elixir destinado a curar a Zahera.

Con estas palabras, se levantó la chilaba y enseñó la cicatriz.

Un olor a ajo invadió de golpe las fosas nasales de la joven.

Ajeno a sus obnubilaciones olfativas, Rachid se fijó en que llevaba un bonito biquini de flores. Y que tenía unas bonitas piernas y una bonita cintura, delgada y musculada.

A pesar de la gravedad de la situación, lo que le estaba pasando superaba de lejos todo lo que había podido imaginar en sus sueños eróticos. Si una tabla de clavos no se hubiera llevado lo que hacía de él un hombre, la habría... Bueno, en ese caso nunca habría conocido a la bella francesa porque nunca habría trabajado en la planta de mujeres.

—Escucha, Providence, no entiendo nada —dijo reponiéndose—. ¿Un frasco? ¿Un elixir? ¡No estamos en un cuento de Merlín el mago!

Sin duda la joven francesa había perdido la cabeza.

—¡Eso ya lo sé! ¡Empezando porque en los cuentos de hadas las niñas no pasan toda su vida encerradas en un hospital de mierda y no mueren asfixiadas con atroces sufrimientos por una asquerosa enfermedad!

Rachid bajó los ojos, molesto.

—Providence…

—Todo lo que te pido es que me quiten estos trocitos de cristal, que extraigan el poco líquido que tengan adherido y que se lo inyecten a Zahera. Nada más que eso. Una gota bastará. ¿Qué podéis perder? ¿Qué os cuesta?

—¿Estás segura de tu corazonada?

—No. Pero ¿crees que Pasteur lo estaba cuando probó su vacuna?

El fisioterapeuta se mordió el labio y la miró a los ojos.

—Voy a ver qué puedo hacer.

—¡Eres un ángel!

Providence lo abrazó fuerte. Efluvios de menta y de flor de azahar le asaltaron la nariz. Rachid olía a humanidad y a torta de pan fresco.

Ya está —concluí.

—¿Ya está, qué?

—Pues la historia; ha terminado.

—¿Cómo que ha terminado? Ni siquiera me ha dicho si se salva.

—¿Zahera?

—Pues claro, Zahera, ¿quién si no?

—Zahera, sí. Está bien —respondí con la mirada perdida.

Sentí que mis puños se cerraban en contra de mi voluntad y que mis ojos se llenaban de lágrimas. Intentaba retener esa cólera y esa inmensa tristeza en el fondo de mí.

—¿Por qué pone esa cara?

—…

—¿Pasa algo?

—Lo que acabo de contarle es la historia tal y como se la conté a Zahera —conseguí responder.

Hice una pausa y aproveché para tragar saliva.

—Todo esto es lo que le conté a Zahera… para justificar la ausencia de su mamá.

—¿La ausencia de Providence? ¿Qué quiere decir? —preguntó el peluquero, asaltado por un terrible presentimiento.

Suspiré profundamente.

—En las películas no siempre muere el que pensamos. A veces, los que tienen buena salud son los primeros que se van, antes que los enfermos. Así que hay que disfrutar de la vida, de cada segundo, de cada instante…

Quién ha muerto? —me preguntó el peluquero—. No le sigo.

—No le he contado toda la verdad.

—¿Sobre qué? ¿El pirata chino? ¿Ping y Pong? ¿El increíble viaje de Providence por las nubes? ¿El violador de cabras? ¿El hombre más poderoso de la Tierra que come sándwiches al vacío? Sobre este último la verdad es que soy un poco escéptico.

—Sobre todo.

El peluquero no daba crédito.

—No entiendo. ¿Quién ha muerto?

Tampoco yo daba crédito. Estaba a dos pasos de confesar el terrible secreto que me corroía las entrañas desde aquella mañana. El momento que tanto había esperado por fin había llegado.

—Me lo inventé todo para proteger a la niña —dije ignorando la pregunta.

Un violento dolor sacudió mi estómago, como si hubiera recibido el puñetazo más potente de Mike Tyson.

Levanté la cabeza y miré a mi interlocutor a los ojos. Merecía que le dijera las cosas a la cara.

—No he entrado en su peluquería para cortarme el pelo —proseguí—. Necesitaba contarle a alguien lo que me impide dormir desde hace un año, lo que me atormenta, lo que me hace tener las peores pesadillas de mi vida. Porque las peores pesadillas son aquellas que tenemos con los ojos abiertos, a pleno día, las que nos acosan en cada esquina, las que se cuelan en nuestra mente cuando comemos, cuando leemos, cuando charlamos con amigos, cuando trabajamos. Las que no nos dejan nunca.

—Me está asustando.

—No me interrumpa, por favor. Voy a intentar decirle las cosas tal y como salgan. Es muy duro para mí. He pensado tanto en este momento que se ha convertido en una obsesión. Le he imaginado tantas veces, he imaginado este salón de peluquería, he imaginado este día. Entiéndalo, tenía que contárselo a alguien. Pero no a cualquiera. A alguien que también hubiera pasado por esta tragedia. Alguien a quien mi desgracia le afectara, que la compartiera y que, sin embargo, nunca pudiera convertirse en mi amigo. Porque sé que dentro de unos momentos seré la persona a la que más odiará en la Tierra. Y estoy dispuesto a pagar el precio. Necesitaba explicar mi actitud. Necesitaba explicarle mi actitud. Para que no le asalte toda la vida la misma pregunta: ¿por qué ese controlador aéreo dio la autorización para despegar a ese avión cuando una nube de cenizas amenazaba el cielo francés? ¿Por qué contravino las medidas de seguridad tomadas por la Dirección de la Aviación Civil? Y ¿por qué ese día autorizó a volar solo a un avión, precisamente el que había cogido mi hermano?

El peluquero empezó a entender. Una apisonadora de diez toneladas rodaba lentamente sobre su cuerpo. Una apisonadora que se tomaba su tiempo para aplastarle las piernas, el pecho y la cabeza.

Tardé seis meses en encontrar el rastro de un pariente de una víctima del vuelo Royal Air Maroc AT643 —seguí—, y otros seis en decidirme a venir a verle. Su hermano Paul iba en ese avión. Como me dijo cuando me senté en este sillón, se iba unos días de vacaciones al sol. Nunca había imaginado que serían unas vacaciones tan largas. Interminables. Esa mañana, el Boeing 737-800 despegó hacia Marrakech, a las 6.50, con solo cinco minutos de retraso. Las condiciones meteorológicas eran perfectas. Solo un poco de viento cruzado, nada importante. Despegó de la pista 24 sin otra particularidad. Empieza a entender, ¿verdad? Si di la autorización para que despegara ese avión fue porque Providence estaba a bordo. Yo tendría que haber ido sentado a su lado. Salíamos desde hacía un tiempo y estábamos locos el uno por el otro. Zahera se había convertido en una historia de dos, una historia de tres, nuestra batalla para traerla a Francia. En el último momento me llamaron del trabajo por culpa de esa maldita nube de cenizas. El jefe de torre preveía una jornada desastrosa y no contaba con suficientes efectivos. La mayoría estaban en el extranjero, de vacaciones, así que no podía llamarlos. No quiso oír nada de la repatriación de Zahera, de lo mucho que significaba para mí acompañar a Providence esa mañana. «El trabajo está antes que la vida privada», me dijo. «A no ser que quiera hacer una cruz en su carrera...» Mi jefe es un estúpido, ya se lo dije. Resumiendo, expliqué a Providence que debía ir sola. Que me las arreglaría para coger un vuelo en cuanto todo se hubiera calmado. Se creía que el follón solo duraría un día. Providence tenía que irse, tenía que ir a ver a su hija. El hospital nos había avisado unos días antes de que la pequeña se hallaba en estado crítico. No podíamos retrasarlo. Providence no se lo habría perdonado nunca si no hubiera estado con ella, a su lado, si Zahera hubiera... En fin, ya me entiende... Por eso di luz verde al piloto a pesar de las consignas. Por eso fue el único avión que despegó de Orly ese día. No pensé que... La verdad, pensaba que se libraría, que el riesgo estaba sobreestimado. Pero aprendí a mi costa, y a la de la mujer de mi vida, que intentar domar las nubes tiene un precio. En la escuela de controladores aéreos, en Toulouse, aprendemos a domar aviones. Pero nada nos prepara para las nubes, las nubes invisibles, las nubes de ceniza. Siento mucho que su hermano se hallara en ese avión. Como sabe, se estrelló poco antes de llegar a Menara, el aeropuerto de Marrakech. Luego se descubrió que los reactores habían aspirado partículas de ceniza, sin duda en cielo francés... Yo maté a Providence... y a Paul...

—...

—Desde entonces solo vivo por Zahera. Me la confiaron a la espera de que oficialice todo esto. La considero mi hija, ¿sabe?, aunque haga poco tiempo que nos conocemos. Providence sentía tanto amor por ella que me contagió. Providence tenía un amor contagioso. Haré lo posible para que llegue a ser la primera pastelera-astronauta del mundo. Ya he empezado su formación. En fin, en lo que concierne a la parte aeroespacial, claro está. Soy un desastre en repostería… Me contentaría con que llegara a ser astronauta… Vamos a empezar por un viajecito a China, aunque ya ha comprendido que los chinos no fabrican las estrellas. Pero tenía muchas ganas de ir. Ese país siempre la ha fascinado. La encontré en su dormitorio, dos días después de la tragedia. Los médicos la habían sumido en un coma artificial. Para evitarle sufrimiento. Esperaban a que se apagara. No tenían ninguna esperanza. Al enterarme de la muerte de Providence, tomé las medidas necesarias para que las dos fueran trasladadas al hospital internacional de Rabat, un nuevo centro con tecnología punta. Los mejores aparatos, los mejores médicos. No tienen nada que envidiar a los franceses. En vida, Providence había decidido que podían disponer de sus pulmones en caso de que le ocurriera algo, en caso de que le ocurriera algo como eso. Los médicos trasplantaron los pulmones de Providence a su hija. Era la primera vez en Marruecos. Me explicaron que tuvieron que cortar una parte de los órganos para que cupieran en el pecho de Zahera, mucho más pequeño. Es difícil encajar los órganos de un adulto en el cuerpo de un niño. Hacen cosas increíbles ahora. Fue una suerte haber cogido asientos en la última fila del avión. A la llegada se pierde más tiempo en salir, pero es el sitio del avión más seguro. Tengo esa costumbre. Gracias a eso el cuerpo no estaba demasiado dañado. Los pulmones de Providence son lo único que me queda de ella, en el pecho de Zahera. La respiración de Providence. Lo primero que hizo la pequeña al despertar fue preguntar por su mamá. Si yo estaba allí, Providence debía, forzosamente, estar por los alrededores. Fui incapaz de decirle la verdad. Bastante duro era decirle que no volvería a verla, que había muerto, que se había ido al paraíso de las mamás y que, a esas horas, quizá estuviera jugando a las cartas con su otra mamá, la que la trajo al mundo. Así que, antes de que me diera cuenta, empecé a inventar. El encuentro con el distribuidor de folletos de pijama naranja, el brujo senegalés. Sus ojos brillaban tanto que no pude dar marcha atrás. Inventé toda esta historia, frase por frase, como se deshace un gorro de lana, sin saber adónde llegaría. Pensaba que para ella sería más fácil aceptar eso. Aceptar que no volvería a ver a su mamá. Inventé toda esta historia de monjes, del vuelo entre las nubes, de bereberes. Terminé diciéndole que su madre no había sobrevivido a la operación para extraerle los trocitos del frasco de su cuerpo, que el ajo entró en ella y la mató, porque ella era muy alérgica al ajo. Dije tonterías. Sé que es un poco infantil, pero al fin y al cabo Zahera es una niña. Y además, quería que estuviera orgullosa de su madre. Aun si saber la verdad también habría hecho que se sintiera orgullosa. Pero yo pensaba que había sido una muerte tonta, una muerte para nada. Un accidente de avión. Quería que guardase un recuerdo imperecedero de ella.

Me callé. No sabía qué más decir. No había nada más que decir.

Creía que el viejo se levantaría, cogería las tijeras y me las clavaría en el corazón con rabia. Pero, en vez de eso, permaneció inmóvil, con la mirada perdida en el espejo de enfrente. Parecía sufrir una gran tormenta interior, tan potente como dos bombas atómicas.

—¡No me diga que se había creído la historia que le he contado! —dije intentando redimirme en parte—. El vuelo de Providence, los monjes jugando a la petanca con tomates verdes, el desfile de aviones presidenciales en el cielo... Era un poco pasarse...

—Para serle sincero, la partida de petanca no era demasiado creíble —ironizó el peluquero desviando la mirada hacia la ventana.

—Ya le avisé.

—¿Me avisó?

—En el epígrafe de este libro puse una cita de Boris Vian. El lector puede confirmarlo.

—¿Qué cita?

—«Esta historia es enteramente verdadera, ya que me la he inventado yo de cabo a rabo.»

—Lo siento pero nunca leo los epígrafes.

—Pues debería.

—Basta de bromas. ¿Sabe? La muerte de un ser querido a veces nos hace creer cualquier cosa. Fíjese en esas esposas desoladas, y sin embargo inteligentes, que se dejan convencer y hechizar por el primer charlatán que les promete que es capaz de entrar en contacto con su amor difunto. Pero si inventó toda esa historia para Zahera,

¿cómo es que yo había oído hablar de la mujer que volaba? En su momento, leí varios artículos sobre el tema.

—Fui yo quien inventó al hada del Cuatro Latas amarillo. No tenía más remedio. Sabía que Zahera consultaría su ordenador, que buscaría en un intento de entender. Si un hecho como ese se había producido, tenía que aparecer en internet. Así que encontré un sitio especializado en motores de búsqueda. Son capaces de clasificar sitios en internet, desclasificar otros según si se quiere más o menos visibilidad. Escribí varios artículos con mi versión, una versión ligera y novelesca, y se lo pasé. Aún recuerdo el día en que Zahera me enseñó, orgullosa, uno de los artículos que yo mismo había escrito. Los ojos se me llenaron de lágrimas. Estaba convencida de que su mamá era un hada, esa hada Campanilla a la que el mundo entero había aclamado durante su viaje en las nubes. Igual que había creído que las estrellas las fabricaban en China. Qué bonita es la infancia.

—Ya veo —dijo simplemente el hombre.

—Sé que me odia. Yo también me odio. Soy responsable de la muerte de ciento sesenta y dos personas, entre ellas, el amor de mi vida. Nunca podré superarlo. Nunca. Vivo con eso cada día. Pienso en eso cada vez que me miro en un espejo, cada vez que me veo en el escaparate de una tienda.

Saqué una medalla pequeña de mi bolsillo. La medalla del mérito que dieron a Providence a título póstumo.

—En eso no mentí. Tuvo su condecoración. No enganchada en el biquini sino en un cojín colocado sobre su ataúd. Pero la tuvo.

El peluquero por fin se levantó. Dio una vuelta alrededor de mi silla, se acercó a la mesita de cristal colgada de mi espejo y cogió las tijeras. Ya está, iba a vengarse del hombre que había matado a su hermano. Un año después, por fin podría hacer su duelo. Dejar estallar esa ira, esa frustración que debía de haberlo destruido poco a poco. Pero, para mi sorpresa, volvió a hundir las manos en mi melena rizada y retomó su trabajo como si nada.

—¿Sabe? Hay una cosa que se llama la navaja de Ockham —dijo—, y no es algo de peluquería. —Vi que tenía los ojos rojos y que temblaba como una hoja, como si también él contuviera la explosión de una gran ira o una gran tristeza—. Solo quiere decir que entre dos explicaciones, yo tomo la más verosímil, eso es todo.

—Entiendo.

—No lo creo, señor Mengano. Ahora le toca a usted escuchar y no interrumpir. La vida me ha enseñado que la venganza no sirve de nada. Que es tan inútil como un lápiz blanco. Las cosas son como son. Mi hermano se fue. Y nada podrá hacer que vuelva. Ni las excusas, ni las explicaciones, ni los golpes. Es una ley de la naturaleza. Ni siquiera su muerte lo haría renacer. Pienso que ya está usted pagando bastante caro lo que hizo. La muerte de tantas personas sobre la conciencia debe de ser un pesado equipaje para llevar en unos hombros tan jóvenes. Quizá le sorprenda, pero no me he creído ni por un segundo esa historia del accidente.

—¿Del accidente?

—El avión que se estrella con Providence y mi hermano a bordo. El accidente causado por las cenizas del volcán.

Yo creo que la verdadera historia de lo que pasó ese día es que Providence aprendió a volar y lo consiguió. Puede que usted piense que todo el mundo tiene una mente estrecha, que todos somos incrédulos, ateos… Hombres de poca fe. Como usted. Ingenieros incapaces de soñar, incapaces de creer en cosas que no responden a una lógica, que no responden a la ley de la física. ¿No se le ha ocurrido que tal vez yo también necesite que suavice la historia? ¿Que me proteja como a Zahera? Yo creo en su pirata de pijama naranja, en su chino senegalés que come yogures de Lidl, en los monjes de la fábrica Renault que juegan a la petanca con tomates verdes. Lo creo. Porque creerlo me hace bien. Incluso aunque sepa que es mentira, que solo es imaginación. Como esos millones de personas que creen en un dios al que nunca han visto y que nunca hace nada por ellos. Y el hecho de que Providence moviera montañas para ir a ver a su hija, que consiguiera domar las nubes, que aprendiera a volar, también lo creo. Porque eso me da fuerza. Fuerza para seguir adelante. Cuando me describía el viaje, tenía la impresión de estar con ella en las nubes. En cierto modo, usted me ha enseñado a volar. He soñado con usted. Eso es lo que nos diferencia de los animales, señor Fulano. ¡Los humanos soñamos!

El hombre dejó sus tijeras sobre la mesita de cristal y sacó una pequeña brocha de un cajón con la que me peinó la nuca y la frente.

—Su historia es bonita, pero no tiene final —añadió—. Providence entró en el quirófano para que le quitaran los trocitos de cristal incrustados en su piel, ¿no? ¿Y luego qué? No puede quedarse ahí.

—Ya se lo he dicho, Providence murió…

—Grave error, joven. La heroína no muere nunca, debería saberlo. En los buenos libros y en las buenas películas, las historias siempre terminan bien. La gente que lucha a diario necesita historias que terminen bien. Todos necesitamos esperanza. A mi hermano Paul no le habría gustado que acabara así. Si aún estuviera aquí, se lo diría con esa voz grave y esa bonita sonrisa que siempre tenía. Le voy a contar el verdadero final de esta historia, señor Zutano…

—Mengano.

—Bueno, señor Fulano, cierre los ojos. Volvemos a Marruecos.

La primera palabra que oyó Providence al abrir los ojos (y los oídos) fue una palabra rara.

Peces gato.

Pero antes de que tuviera tiempo de preguntarse lo que eso podía significar, un pequeño dolor agudo se despertó en su costado derecho. La luz, que la cegaba, no tardó en atenuarse y vio que estaba en una habitación de hospital y que llevaba un gran apósito encima de la ingle, bajo el pijama de papel azul. Tenía la desagradable impresión de haber vivido esa situación antes. Durante unos segundos temió que todo lo que había vivido desde la primera vez que llegó allí por culpa de su apendicitis solo fuera fruto de un largo sueño comatoso. Su historia de amor con Zahera, todas esas idas y venidas, el proceso de adopción que al fin había resultado a su favor, su extraordinaria aventura en las nubes. Su corazón empezó a latir en su pecho como un camello al galope. No, no podía haber vuelto atrás así como así. Buscó con la mirada algo que pudiera reconfortarla. Algo nuevo. Algo que no formara parte de sus recuerdos de hacía dos años. En la cama vecina, Zahera, con los ojos abiertos, la miraba sin decir nada. Sentado a sus pies se encontraba Rachid, que le sonreía.

¿Rachid? En su recuerdo era Leila la que acompañaba a la pequeña cuando se despertó la primera vez en la habitación. Así que no había soñado. Aquel día de locos, los monjes, el vuelo, su fantástico viaje, los chleuhs, incluso Aksim, al que habría preferido olvidar y del que aún sentía el contacto de su mano en su pecho derecho. Y Léo, también. Sobre todo Léo.

—¡Cariño! —exclamó Providence, con los ojos llenos de lágrimas—. Estoy tan contenta de verte. Si supieras…

El destino las había reunido de nuevo. Madre e hija.

—¡Parece como si hubieras tenido otra apendicitis! —bromeó Zahera señalando el apósito de Providence que se veía por transparencia bajo el pijama.

La joven francesa hipó. Una sonrisa en un sollozo.

—Te dije que por ti estaba dispuesta a tener todas las apendicitis del mundo si hacía falta…

—La nube se ha ido, mamá —dijo la niña poniéndose seria.

—¿Lo sientes?

—Al contrario, ya no la siento. Es como si me hubieran quitado ese cojín que me comprimía la boca.

Providence tendió la mano hacia la de Zahera. Su hijita. Era la primera vez que la veía sin mascarilla, tranquila, sosegada, sin botella de oxígeno. Respiraba con normalidad. El ruido de un suspiro silencioso. Majestuoso.

No llevaba calcetines, y su pie asomaba bajo la sábana. La francesa nunca se había fijado. Volvió a contar los dedos del pie de la niña. Una manía como otra cualquiera. Tenía seis dedos. Seis dedos en el pie izquierdo.

—Oye, no me había fijado en que tenías seis dedos.

La niña la miró, incómoda, y volvió a esconder el pie debajo de la sábana.

—¡Vaya! —dijo Rachid—. ¡Yo tampoco lo sabía! ¡Es increíble!

Y todo el mundo miró las sábanas. Zahera siempre había intentado esconderlo y mira por dónde su secreto inconfesable salía a la luz. Detestaba su pie por esa razón. Era una anomalía, una malformación. Algo que la separaba aún más de los otros. Y además, enseñar los pies, fueran normales o no, era enseñar la parte más fea de su cuerpo.

—¿Lo tienes en los dos pies?

—Solo en el pie izquierdo —respondió la niña.

—Qué locura. ¡Yo tengo lo mismo en el pie derecho! —exclamó Providence sacando su pie derecho de debajo la sábana.

—¡Anda! —gritó Rachid, que no podía creer lo que estaba viendo—. ¡Tú también!

Leila, que acababa de llegar, rompió a reír, escondiendo sus grandes dientes blancos, como de costumbre, tras la manga de su bata. La pequeña rió también, aliviada por no ser tan diferente después de todo. El pie derecho de Providence, el pie izquierdo de Zahera. Se complementaban.

—He encontrado una explicación a mi sexto dedo

del pie —dijo la francesa—. ¡Es porque las dos hemos sido hechas con el mismo bloque de arcilla! Si aun así dijeran que no soy tu madre...

Todo el mundo rió y la felicidad invadió la habitación y a las enfermas.

—¡Sería interesante calcular qué probabilidad hay de que dos personas con seis dedos en un pie se encuentren! —pensó Rachid en voz alta.

Providence se dio cuenta de que ese pernicioso olor a ajo que la había perseguido desde el desierto hasta allí había desaparecido.

Suspiró feliz, no se hizo más preguntas.

—¿Has visto? He cumplido mi promesa —le dijo a Zahera—. La luna saldrá de un momento a otro.

—Mamá, la luna salió hace mucho —respondió la astrónoma debutante señalando la ventana.

Fuera era de noche.

Un escalofrío recorrió el cuerpo de Providence. ¡Qué bonito era oír esa palabra! Mamá.

—Al principio pensé que te habías olvidado de mí. Te esperé. Todo el día. Era un día importante para mí.

—Lo sé, cariño. Para mí también. No tengo excusa. Tenía que haber estado aquí esta mañana, como te prometí. Tenía que haber estado aquí incluso antes. Mucho antes. Pero ya lo sabes, las mamás teledirigidas a veces tienen fallos...

—Si no te tuviera, te pediría para Navidad. Léo me lo ha contado todo mientras dormías.

Los párpados de Providence temblaron.

—¿Qué te ha contado?

—Todo. Tu carrera por todo París para buscar ayuda. El maestro chino-africano. Los monjes raros. Y luego, tu fabuloso viaje por las nubes. Tu vuelo para mantener tu promesa. Estabas muerta de cansancio y volaste por mí. Para venir a buscarme incluso cuando ningún avión podía despegar. Me dijo que fuiste tan alto que habrías podido descolgar las estrellas. No mis estrellas fosforescentes. —Señaló el techo con el dedo—. No, las de verdad. Las estrellas *Made in China*, las que antes creía que los chinos enviaban al espacio para nuestra felicidad. Estoy muy orgullosa de tener una mamá como tú. Me sentí muy querida cuando me contó todo eso. ¡En mis sueños las hadas van en un Cuatro Latas amarillo! Dime, ¿me llevarás a dar una vuelta en tu coche de Correos?

Providence sonrió. Una expresión radiante acababa de posarse en su cara como una mariposa, como si alguien acabara de cambiar de cadena con el mando a distancia pasando de una película emotiva a una comedia.

Una enfermera se acercó a ella.

—Providence, los médicos están como locos. No se explican cómo ha pasado. Pero funciona. Quieren saber qué es y de dónde viene.

La marroquí le explicó que unos segundos después de que el cirujano hiciera beber a Zahera una gota del producto recuperado de los restos de cristal alojados en la piel de la francesa, un pedazo de nube asomó al fondo de su garganta. Subió hasta la superficie, despacio, como una lombriz, hasta la glotis. Y no tuvieron más que atraparla con unas simples pinzas de depilar. Ni aspirador, ni cazamariposas, ni caña de pescar. Unas simples pinzas de depilar para extirpar del pecho de una niña una nube tan grande como la torre Eiffel. Una nube de trescientos veinticuatro metros. Todo aquello superaba el entendimiento. El vuelo en las nubes. Y, ahora, el antídoto. Hacía siglos que ella había dejado de hacerse preguntas.

—¡Es un potente «nubecida»! —respondió la joven cartera—. Me lo ha dado un amigo. Un hombre poderoso que se dedica al textil de queso.

—¿Un «nubecida»? ¿Textil de queso?

—Un «nubecida» es como un insecticida pero para matar nubes. Y textil de queso son prendas de queso, como su nombre indica.

—Claro —añadió Rachid, como si fuera evidente—, prendas de queso…

El fisioterapeuta pensó que Providence se había vuelto loca. Cuántas veces lo había pensado desde que la había conocido…

—¡Pues tu brebaje no solo mata nubes! ¡Ni te imaginas cómo apestaba a ajo el quirófano! Tu «nubecida» es un concentrado de ajo.

—¡O sea que era eso! —murmuró la cartera, perdida en sus pensamientos.

El olor a ajo que la había perseguido hasta el hospital no era más que el precioso líquido ámbar que contenía el frasco que se había roto contra su piel. Ironía de la suerte. Lo que era un veneno para ella había sido el antídoto que había curado a su hija.

—¡Pobre Léo! —exclamó de golpe Providence.

—¿Por qué? ¿Es el ajo lo que te hace pensar en él? —bromeó Rachid—. No es muy amable por tu parte.

Y los cinco estallaron en risas.

—Para un poco. ¿Aún me espera abajo, en el sofá descuajeringado? ¿Qué hora es?

—Las nueve —respondió Rachid—. Pero no te preocupes. Nos hemos ocupado de él. Cenó y en este momento está dando una clase de control aéreo en la planta de los hombres. Esa profesión es fascinante. Es todo un director de orquesta de los cielos. De hecho, ¿sabías que un controlador aéreo es responsable de más vidas humanas durante un día de trabajo que un médico en toda su carrera? Alucinante.

Providence pensó que se contentaría con que a partir de entonces fuera responsable de dos vidas humanas. La suya y la de Zahera. Pidió a Rachid que avisara a Léo de que lo esperaría en la zona mixta, abajo, en la recepción. Luego se despidió de las enfermeras y de Zahera. Cuando vio a su guapo controlador, la devoraron las ganas de que la cogiera en brazos y la besara allí mismo, de inmediato, pero el lugar no toleraría tales demostraciones de amor. Así que se limitó a sonreír. En su corazón estaba su hija, pero también había sitio para un hombre. Un hombre grande. El corazón es un gran armario en el que encerramos a todos los que queremos para tenerlos siempre con nosotros y cargar con ellos allá donde nos lleve la vida. Un poco como la pequeña planta verde de León (de la película *El profesional, León*), el asesino a sueldo, o como esos monjes tibetanos no más grandes que un llavero. Sí, había sitio para ese hombre excepcional que había creído en ella y había permitido que llevara a cabo su sueño. Un héroe. Un compañero de vida para ella, un padre para Zahera. Después, incapaces de resistir más, como si hubieran estado solos en el mundo, los dos amantes se abrazaron, allí, en el vestíbulo de ese hospital cochambroso entre el desierto y las estrellas.

L e gusta? —me preguntó el peluquero sacándome de mi sueño.

—Ojalá lo que me acaba de contar hubiera pasado... Lo daría todo por que fuera verdad.

—Lo más importante es lo que usted cree. Sea o no verdad. Lo que uno cree, a veces, es más fuerte que la realidad. Y además, hay que aceptar la vida tal cual es. Con sus cosas bonitas y su gran defecto.

—¿Su gran defecto?

—La muerte. Porque la muerte forma parte de la vida. Tenemos tendencia a olvidarlo. Mientras podamos, sigamos soñando —dijo el peluquero al tiempo que una lágrima resbalaba por mi mejilla—. Imagine. Han pasado unos días. Nos encontramos en la sala de ceremonias del ayuntamiento del Distrito XVIII de París. Usted está ahí. Mi hermano Paul también. Zahera está sentada en primera fila, al lado de Leila y Rachid, que han hecho el viaje para la ocasión. De pie, a su lado, Providence está resplandeciente. Su sonrisa ilumina la estancia. El alcalde recoloca su banda tricolor y después se aclara la garganta. Tiene una mirada protectora, paternal, y un aire a Gérard Depardieu.

»"Léo Albert Frédéric Oscar Fulano…", comienza.

»"… Es Mengano, señor alcalde", le interrumpe usted.

»"Ah, sí, perdón. Léo Albert Frédéric Oscar Mengano, ¿quiere usted como esposa a Providence Éva Rose Antoinette Dupois, aquí presente?"

»"Sí, quiero."

»"Providence Éva Rose Antoinette Dupois, ¿quiere usted como esposo a Léo Albert Frédéric Oscar Zutano…?"

»"Es Mengano, señor alcalde", interrumpe esta vez Providence.

»"La verdad, nunca lo conseguiré. Estoy muy confuso. Providence Éva Rose Antoinette Dupois, ¿quiere usted como esposo a Léo Albert Frédéric Oscar Mengano aquí presente? ¿Y quiere usted, por tanto, llevar este terrible apellido?"

»"Sí, quiero", dice Providence sonriendo por la broma del alcalde.

»"Por el poder que la ley me otorga, les declaro marido y mujer."

Agradecimientos

Gracias a Adeline, la chica terrestre-extra cuyos brillantes consejos han sido como estrellas de plástico fosforescente. Gracias a Angélique por haberme hecho llamar a la puerta adecuada. Gracias a Dominique por haberla abierto y porque, de no haberlo hecho, mi faquir y mis sueños de escritor se habrían quedado atrapados para siempre al fondo de mi armario de Ikea…

El papel utilizado para la impresión de este libro
ha sido fabricado a partir de madera
procedente de bosques y plantaciones
gestionados con los más altos estándares ambientales,
garantizando una explotación de los recursos
sostenible con el medio ambiente
y beneficiosa para las personas.
Por este motivo, Greenpeace acredita que
este libro cumple los requisitos ambientales y sociales
necesarios para ser considerado
un libro «amigo de los bosques».
El proyecto «Libros amigos de los bosques» promueve
la conservación y el uso sostenible de los bosques,
en especial de los Bosques Primarios,
los últimos bosques vírgenes del planeta.

Papel certificado por el Forest Stewardship Council®